LE MASQUE
Collection de romans d'aventures
créée par
ALBERT PIGASSE

W0379457

# La Bostonienne

Toxicologue, expert auprès de diverses grandes entreprises, Andrea H. Japp est née à Paris en 1957. Elle s'est lancée dans l'écriture de romans policiers en 1990 avec *La Bostonienne*, qui remporte le Prix du Festival de Cognac en 1991. Cultivant deux veines bien distinctes, la comédie policière et le suspense, *La Femelle de l'espèce* (Masque de l'année 1996), et *La Parabole du tueur*, le premier thriller mettant en scène Gloria Parker-Simmons, l'ont consacrée comme révélation française de ces dernières années.

DU MÊME AUTEUR DANS LE MASQUE :

La Bostonienne

La petite fille au chien jaune

Elle qui chante quand la mort vient

La Femelle de l'espèce

EN GRAND FORMAT :

La Parabole du tueur

Le Sacrifice du papillon

Dans l'œil de l'ange

Andrea H. Japp

# La Bostonienne

LIBRAIRIE DES CHAMPS-ÉLYSÉES

*In memoriam*

© ANDREA H. JAPP ET LIBRAIRIE DES CHAMPS ÉLYSÉES, 1991.
*Tous droits de traduction, reproduction, adaptation, représentation réservés pour tous pays.*

# 1

Samuel Bernstein s'agenouilla sur l'herbe rase de Boston Common. Le parc avait ses fidèles, indifférents à ce gazon maladif et sec. Le crachin qui assombrissait la ville en permanence ne parvenait pas même à le vivifier.

Des corps des deux sexes jonchaient, été comme hiver, les maigres pelouses. Samuel ignorait toujours si cet entêtement à venir se faire tremper procédait d'une réelle envie de nature ou d'un rite bien américain dont on l'avait toujours tenu écarté.

Sa paresseuse promenade sur Long Fellow Bridge l'avait un peu fatigué. À trente-huit ans, déjà, il devenait subrepticement chauve et légèrement bedonnant. Quelques années plus tôt, ces dégradations communes l'eussent laissé somme toute assez indifférent, mais le regard de cette génération de néopuritains que faisait lever l'Amérique d'aujourd'hui l'attristait. Une consternation polie se lisait dans leurs yeux lorsqu'ils se posaient sur l'affligeante adiposité de Samuel.

Un groupe d'écureuils gris, très intéressé par le rêveur, s'approcha presque sans méfiance, dans l'espoir que cette pause lui était destinée. Les animaux ne disposaient que de quelques mois avant le grand hiver bostonien, réplique à peine plus clémente du désert neigeux de Québec, pour enterrer toutes sortes de provisions qu'ils ne retrouvaient qu'occasionnellement, et pour s'entourer d'une bienveillante couche de graisse dans laquelle ils s'endormiraient à la première neige.

Samuel repêcha dans la poche de sa veste quelques miettes d'une barre aux céréales et au caroube qu'il se contraignait à avaler sagement tous les jours, convaincu de l'inutilité diététique de l'en-cas, mais désireux de rassurer son entourage.

Un couple de joggeurs trottait dans l'allée centrale, blond, bronzé, moulé dans le même short californien rose fuchsia et noir, presque sans sueur... De toute façon, la sueur des joggeurs de Boston Common ne recelait aucun de ces relents tristement humains. Ils partageaient le même walkman, le même bruyant silence, et la même élégante foulée en dépit de leurs chevillères lestées.

Étaient-ce les longs cheveux brillants de la jeune femme, ou la perfection dentaire du sourire béat du jeune homme, toujours est-il que Samuel eut brusquement la conviction désespérée que l'espace d'un univers entier les séparerait à jamais : l'espace du bateau d'exode qui avait d'abord conduit son père à New York après une traversée clandestine et pédestre de l'Europe, l'espace de cet accent qui s'attardait sur les diphtongues et dont il avait mis plus de vingt ans à se défaire. Il y aurait toujours cette frontière, insensible de l'autre côté : ces souvenirs de Pologne tellement rabâchés qu'ils étaient devenus siens, cet holocauste par procuration que ni lui ni son père n'avaient vécu, mais dont même ses enfants se souviendraient comme s'ils y avaient personnellement échappé. Peut-être était-ce cela qui choquait les autres : cet esprit si parfaitement circulaire qu'il parvenait presque à amalgamer les histoires individuelles, ce dessin minutieux et presque paranoïaque du cheminement des choses depuis une origine qui ne pouvait-être qu'arbitraire, puisque moyenne.

Il regarda sa montre, ennuyé de n'être pas davantage en retard... Juste une petite heure de gagnée.

C'était quand même une lueur d'espoir, celui de tenir suffisamment longtemps pour éviter de fondre en larmes sur la médiocrité humaine et se retenir de lâcher une bordée d'injures aussi ordurières que possible, juste pour voir l'effet produit.

Mais quelle raison le poussait à accepter religieusement leurs invitations presque bi-hebdomadaires... ? Son métier lui offrait pourtant une mine inépuisable d'excuses. Ça n'était même pas du masochisme, juste une espèce de curiosité morbide et passive... Il voulait savoir comment tout cela se terminerait. Roxanna verserait-elle dans le « consommé » une dose massive de mort-aux-rats ? Le masque éternellement compassé de Georges, « dear Georges », finirait-il par craquer ? Ou baisserait-il, lui, son pantalon entre la poire et le fromage pour admirer une fois encore le pincement de narines offensé de « dear Tricia » ? Il était pourtant certain que l'état de choses perdurerait indéfiniment.

Un écureuil, assis sur son arrière-train rondouillet, attira son regard par une série de claquements de langue vindicatifs. Samuel lui lança quelques miettes de la barre aux céréales. Les larges iris noisette qui couvraient presque toute la cornée le fixèrent avec insistance mais sans aucune frayeur.

Il n'y avait pas que la curiosité... Bien sûr ! Son assiduité avait été motivée, au moins dans les débuts, par ce qu'il pensait constituer une sorte de consécration sociale. Il gagnait de l'argent, beaucoup d'argent, ce qui dans ce pays impliquait l'excellence, mais il était encore beaucoup trop européen pour s'en contenter.

Gayle-Ann... Qu'est-ce qui avait séduit Gayle-Ann ? Tous les juifs bostoniens aux yeux bleus ne ressemblent pas à Paul Newman. Elle le trouvait petit, un peu flasque, dégarni et pâlichon façon rouquin, mais elle aimait son doux regard de myope, un regard de veau, disait-elle, parce que c'est tendre. Le poste de chirurgien plastique qu'il avait décroché dans l'un des plus prestigieux hôpitaux du pays lui garantissait, certes, un revenu des plus substantiels, mais cela ne devait pas impressionner cette descendante du *Mayflower* dont les ancêtres avaient eu la sage idée de convertir les honneurs en réconfortant papier vert.

Il l'avait rencontrée trois ans plus tôt dans les couloirs du Charity Hospital, où s'entassaient pêle-mêle les clochards, les noirs et les femmes sans abri, brefs les rebuts de cette société, puisque le ratage d'une vie s'étalonne sur la couverture sociale. Ce qui est, après tout, un calcul fiable qui garantit aux uns le meilleur et aux autres le reste.

Ce matin-là, elle lui avait téléphoné pour prendre rendez-vous. Mandatée par la ville, elle désirait l'entretenir des problèmes que lui ou ses collègues rencontraient « au quotidien » dans la gestion du matériel, car la municipalité avait en vue un large programme d'informatisation des données. Il s'était donné le temps d'admirer la voix à la fois claire et précise qui lui expliquait ces idioties avec le plus grand sérieux. Combien de générations, de remontrances, d'écoles privées avait-il fallu pour en arriver à cette articulation parfaite, à cet accent si simple qu'il sentait la Charles River Bank jusque dans les pauses ? S'efforçant à l'ironie, il avait répondu avec suavité :

— Chère miss Barton-Smithtown, croyez-bien que je suis tout à fait bouleversé que la ville et vous-même preniez le temps de vous intéresser à notre « gestion de matériel », mais voyez-vous, il n'y a pas de matériel, ou si peu qu'on peut difficilement parler de gestion. Vous n'êtes ni au Brigham ni au Mass-Eye Hospital, miss, pas même à Sainte Charlotte. Le personnel qui travaille ici est bénévole et se démène pour soigner les ghettos... Vous savez, ces gens qui n'ont ni la même couleur, ni les mêmes manières que vous. Que voulez-vous, miss Barton-Smithtown ?

Informatiser notre absolue carence en moyens matériels et humains ?

Il avait presque cru entendre le serrement de narines rageur. Pourtant, après un léger silence, la voix lui était parvenue aussi calme et précise qu'avant.

— À quelle heure puis-je passer vous voir ?

Il avait retenu à grand-peine une irrésistible envie de rire : cette invraisemblable faculté à nier les conflits, à poursuivre son but comme s'il ne dépendait que de soi, était presque caricaturale.

L'absence de moyens du Charity Hospital le désespérait presque autant que l'énormité des chèques que ses clients de la clinique lui envoyaient sans sourciller pour qu'il taille dans les mamelles hyperplasiques ou hypertrophiques, qu'il retrousse ou atrophie des petits résidus de nez déjà trois fois remodelés, qu'il débride ou rebride les paupières avachies. Cette riche clientèle adorait le Dr Bernstein, parce que c'était « un artiste » du scalpel et qu'il savait manier l'onomatopée fort à propos. Il aurait pu faire un excellent rabbin, ou un psychanalyste de génie, ce qui, au compte en banque près, revient finalement au même.

— 20 h 30.

Elle avait raccroché sans rien ajouter, et il s'était accordé la durée d'une cigarette — défendue — pour l'imaginer : grande, trop mince, les épaules carrées, le cheveu lisse et brillant, une jupe droite, si possible mal coupée mais d'excellente qualité, surmontée d'un corsage ivoire à cravate et enfin les pieds chaussés de souliers bas et robustes conçus pour résister aux pavés des trottoirs bostoniens. Elle arborerait aussi au petit doigt l'inévitable bague d'une quelconque fraternité.

Un petit écureuil encore moins farouche que ses congénères poussa d'un coup de museau le tranchant de sa main. Elle eut droit pour cette prouesse au dernier morceau de caroube... Parce qu'il aimait les femmes, Samuel se convainquit qu'il s'agissait d'une femelle.

Pourtant, l'amour avait toujours été pour lui une de ces données abstraites dont on connaît l'existence sans pour autant penser qu'on pourrait y mêler la sienne. Il se rassurait parce qu'il avait soigneusement analysé tous les paramètres qui composaient cette « chose », mais lorsqu'il avait rencontré Gayle-Ann, il avait compris que seul importait l'improbable ciment qui liait l'ensemble.

Elle avait été ponctuelle, et il avait réprimé un sourire : elle ressemblait à s'y méprendre à son portrait imaginaire, à cette différence près qu'elle portait les cheveux courts. Elle s'était installée en face de lui et avait entrepris de lui expliquer de nouveau le but de sa démarche, avec cette patience un peu condescendante et résolument courtoise qu'on réserve aux gens dont on sous-estime les capacités intellectuelles. Il l'avait fixée avec un demi-sourire, laissant volontairement s'installer un silence gênant, ce genre de silence qui contraint un interlocuteur à parler pour rompre le malaise, à trop dire pour finir par tout dire. Elle était d'abord restée sagement perplexe, avait failli se laisser prendre au piège, puis, comprenant, lui avait renvoyé un sourire muet de l'autre côté de son bureau.

Il devait par la suite conclure qu'il était tombé amoureux d'elle à ce moment précis, parce que son parfum l'avait brusquement étonné. C'était un parfum français lourd et terriblement féminin, qui ne cadrait pas du tout avec les chaussures plates et le corsage à cravate.

Pourtant, pas un instant il n'avait eu envie d'elle. Il s'était brutalement senti une folle envie de la choquer, de lui faire de la peine et de la voir souffrir, pas même pour pouvoir la consoler.

— Venez, je vais vous montrer ce qu'il y a à gérer...

Elle l'avait suivi, enfin assurée qu'il lui trouvait un intérêt et peut-être même une utilité.

Avec un sadisme dont une heure plus tôt il se serait cru incapable, il lui avait fait visiter d'un air bon enfant l'une des deux salles d'opération vétustes où le grésil collait aux semelles. Il avait poursuivi cette petite ronde par la salle où s'entassaient pêle-mêle les grands brûlés et les tentatives de suicide, douleurs diverses qui finalement se confondaient dans le même gémissement. Une étrange fierté l'avait envahi lorsqu'il l'avait vue pâlir et se mordre les lèvres. Quand, enfin, il s'était interrogé sur les raisons qui le poussaient, il avait brusquement tourné les talons et l'avait entraînée vers son bureau.

Elle s'était laissée tomber sur un fauteuil, avait allumé une cigarette, l'avait regardé fixement quelques secondes puis lui avait dit presque gentiment :

— J'espère au moins que ce petit cinéma vous a soulagé.

Il était épuisé, comme si cette démonstration lui avait permis de déverser un fiel accumulé depuis des mois. Il s'était assis parce qu'il tremblait et qu'il ne voulait pas qu'elle s'en aperçoive.

Il l'avait fixée sans la voir et d'un ton très doux avait murmuré :

— Vous savez, ce sont les enfants, surtout... Ils ont un regard qui n'exige rien, ni d'être rassuré, ni même qu'on s'explique. Ils ont une espèce de courage qu'on doit oublier en grandissant... Et ce n'est pas de l'inconscience, parce qu'ils savent qu'ils vont mourir, peut-être même davantage que les adultes. C'est comme s'ils passaient directement d'un balbutiement de vie à quelque chose qui ne leur fait pas peur... Peut-être parce que ça n'est pas encore, déjà, la fin de quelque chose.

Peut-être aurait-il aussi dû lui dire à ce moment précis qu'il l'aimait ? C'eût été finalement moins dérisoire que ce ridicule chassé-croisé qui dura ensuite des semaines, où chacun sait où l'autre veut l'emmener mais où nul ne se résoud à s'y laisser entraîner le premier.

Samuel se releva. Le petit écureuil l'avait abandonné au profit d'un promeneur plus généreux. Il aurait dû prendre le métro à Park Street pour minimiser son retard, mais se dirigea lentement vers Beacon Street.

La seule pensée réconfortante était que Tricia avait insisté sur le côté familial de ce petit dîner, ce qui sous-entendait qu'elle n'accepterait d'aucune des femmes présentes qu'elle soit plus élégante qu'elle. Cela éviterait aussi à Samuel d'être présenté comme « le Dr Samuel Bernstein », en insistant à loisir sur la dernière syllabe. Sa sottise insolente le réconfortait... et l'éloignait, lui, le rendant presque exotique aux yeux de Gayle-Ann. Il avait presque peur de ne plus être assez différent, assez drôle pour la retenir, et la perdre maintenant qu'il n'avait plus envie de la contenir lui semblait intolérable, comme de renoncer à soi.

Il regarda sa montre et accéléra l'allure.

## 2

Mélanie O'Reagan était au bord des larmes. Après avoir opté pour un tailleur vert bouteille qui, selon la vendeuse, mettait en valeur ses boucles rousses d'Irlandaise, elle avait changé d'avis, enfilant une robe noire assez décolletée, puis à la réflexion, avait eu peur de faire trop habillée et se retrouvait en caraco, au même point qu'une heure plus tôt. Elle avait tenté de discipliner sa chevelure en divers chignons, et de rage avait jeté sa brosse à cheveux à l'autre bout de la chambre : cette salope n'allait pas en plus la culpabiliser sur ce qu'elle avait de mieux ! Edward ne s'apercevrait de rien, comme d'habitude. Il prétendrait qu'elle avait la paranoïa congénitale et que Tricia, « chère Tricia », ne faisait que lui donner les conseils avisés qu'une femme plus âgée peut se permettre de prodiguer à une jeune fille. Mais après tout, c'était sa mère. Mélanie ramassa le petit tailleur abandonné sur le lit et s'habilla... De toute façon, quoi qu'elle portât ce soir-là, quelque chose n'irait pas.

Les petites persécutions femelles dont elle était victime depuis des mois de la part de l'Engeance — c'était devenu son nom de code pour Patricia Barton-Smithtown, « Appelez-moi donc Tricia ma chérie » — avaient presque réussi : elle n'était plus tout à fait sûre d'aimer Edward. Bien sûr, elle en était toujours amoureuse parce qu'il savait être léger et inconséquent alors qu'elle se sentait investie de la légende irlandaise sur la pesanteur de toutes choses, parce qu'il savait la jeter sur un lit et lui faire l'amour comme si c'était la dernière fois. Mais tout cela peut-il s'appeler une vie ? Edward l'avait séduite au cours d'une soirée parfaitement ennuyeuse où de jeunes magistrats qui se croyaient encore pleins d'avenir exhibaient leur embryon de réussite et leurs femelles parées. Elle avait adoré sa charmante lâcheté qu'elle pensait relever d'une poétique passivité, son cynisme jamais fielleux qu'elle trouvait courtoisement insolent sans s'apercevoir que tous deux procédaient de la même incapacité à faire face aux événements perturbants. Du reste, comment pouvait-on rester léger face à l'Engeance si ce n'est parce qu'on partageait les mêmes gènes ? Chaque geste devenait une question : « L'ai-je bien fait ? » Chaque phrase, un supplice : à la moindre faute d'intonation, Georges, « dear Georges », avait un petit sourire entendu et plein de pitié pour la sotte qui ne savait pas comment on se doit de causer, et Tricia toujours à l'affût relevait hautement la bêtise. Samuel était parfois un allié : il lui arrivait au cours d'un repas de lancer brusquement que le Chablis californien ne valait pas le blanc français, ce qui chez les Barton-Smithtown était, d'une part inconcevable, d'autre part une insulte qui pétrifiait l'assistance pendant quelques instants. Mais Georges, « dear Georges », avait mis au point une infaillible tactique. Grâce à un laïus suffisamment ampoulé pour ne pas avoir l'air raciste, il insistait sur la méconnaissance que devaient avoir ces petits immigrants juifs de la noblesse du vin californien puisqu'ils ne boivent que du thé, et encore en décoction. Quant aux Irlandais, c'était une race de palefreniers inconséquents, toujours prêts à s'enivrer, à rire des choses les plus sérieuses ou à pleurer sur des futilités. Pourquoi Samuel persistait-il à répondre avec assiduité aux invitations des Barton-Smithtown ? Gayle-Ann, même si elle avait été peinée d'un refus, l'aurait admis parce qu'elle avait cette rigidité toute protestante qui sous-entend qu'on suive le Juste, même s'il est synonyme d'inconfort... Pour Mélanie, le problème était différent : Patricia la terrorisait... Elle vivait ce supplice bi-hebdomadaire comme une sorte d'exorcisme qui éloignerait le danger... C'était bien sûr parfaitement ridicule, et elle le savait... Tricia n'hésiterait pas un instant à passer à l'acte, si toutefois l'idée faisait son chemin dans sa petite tête vide, et pourtant si complexe.

Mélanie tenta rageusement de penser à autre chose, à l'un des dossiers en souffrance qui attendait ses soins. Elle devait défendre dans quelques semaines une certaine Julia Morton contre l'État. Julia Morton était accusée d'avoir abattu son ex-mari, qui refusait de prendre en charge les soins de rééducation respiratoire de leur fils de sept ans. Cette sotte avait immédiatement téléphoné aux flics pour leur annoncer entre deux sanglots le meurtre qu'elle venait de commettre... Comme si l'acte d'avouer pouvait avoir une quelconque valeur rédemptrice. C'est ce qu'essayaient de faire gober la police et les médias par le biais de séries policières débilitantes. Ça économisait, bien sûr, l'argent des contribuables, mais d'un point de vue légal c'était une escroquerie. L'aveu représentait la fin de ce champ de protection subtil qu'est l'ombre du doute ; de l'intime conviction, dont on ne sait pas très bien ce qui l'engendre : un sourire désespéré, un sanglot réprimé, bref, la version contemporaine du jugement de Dieu. Mélanie l'avait bien souvent constaté, avouer était confirmer la valeur objective d'un acte, il devenait alors impossible d'y substituer une histoire ou une intention... Il faudrait donc faire habilement pleurer le jury en décrivant les souffrances de cette jeune mère prématurément vieillie par les soucis, en évoquant les râles du pauvre petit corps secoué de spasmes, bref jouer les putes.

Elle regarda distraitement sa montre... Elle serait

en retard. Georges afficherait cet éternel sourire navré de l'homme bien élevé que tant d'insolence déconcerte mais qui restera maître de lui, et Edward lui ferait sûrement remarquer après le dîner qu'elle faisait tout pour indisposer ses parents... Georges, « dear Georges », se voulait un passé martial, quel dommage que les États-Unis n'aient pas grillé la politesse aux Anglais : il aurait pu « faire les Indes » comme on fait les Rocheuses. L'orage passerait vite, Edward était un homme heureux. Parce qu'il était subtil, il était léger, parce que les choses l'ennuyaient, il les ignorait, et qu'est-ce que le bonheur, sinon une parfaite méconnaissance des choses ? Lorsqu'il se sentait traqué, Edward tombait dans un infantilisme charmeur qui le rendait insaisissable. Elle sourit : lorsqu'on commence à reprocher aux gens les choses qui vous ont séduite chez eux, n'est-ce pas le début de la fin ?

Mélanie appela un taxi.

# 3

Roxanna contourna le palais de justice et se dirigea en flânant vers Pinckney Street.

Les Barton-Smithtown avaient déménagé dix ans plus tôt de leur demeure familiale de Massachusetts Avenue pour s'installer dans l'un des ravissants hôtels particuliers de brique rouge de Garden Street, l'une des petites rues pavées qui naissaient le long de Beacon Street.

Patricia trouvait que la bourgeoisie noire commençait d'empiéter trop sérieusement sur leur domaine séculaire. Après tout, Georges, « dear Georges », avait parfaitement raison : pourquoi ces gens-là, si doués pour la danse et le blues, envahissaient-ils les places boursières ? Après des semaines d'éreintantes recherches, elle avait enfin trouvé la perle. Certes, « l'aristocratie » de Beacon ne datait pas du *Mayflower*, comme celle dont elle était issue, mais elle se composait de gens propres, presque de leur monde, et dont on n'avait pas à craindre la bruyante marmaille. C'étaient du reste pour la plupart des homosexuels fortunés, mais Tricia préférait ne pas s'interroger sur les raisons qui pouvaient pousser ces gens à ne plus s'intéresser qu'à la coiffure et la chorégraphie, et à privilégier eux aussi la finance... Après tout, n'étaient-ils pas traditionnellement charmants avec les femmes ?

Elle avait depuis longtemps oublié que Georges,

« dear Georges », avait gagné son premier million de dollars en fourguant des gazinières de l'armée américaine à des pays en voie de développement qui ne savaient qu'en faire, mais auxquels il avait fait miroiter une aide commerciale américaine. L'origine de son nom était tout aussi confuse, mais il avait eu le bon goût de quitter Detroit très rapidement et de dissoudre tous souvenirs relatifs à sa mère anglaise, Émily Barton, caissière de drugstore, et à son père américain, Georges Smith, petit courtier d'assurances. Émily Barton se mourait doucement dans une maison réservée à cet effet, et Georges payait scrupuleusement sa pension de peur qu'elle ne débarque un jour à Logan Airport.

Roxanna déboucha dans Garden Street, ouvrit la lourde porte bleu marine et pénétra chez les Barton-Smithtown. Il était 18 h 10, dix minutes de répit gagnées sur les trois heures de calvaire quotidien. Dès qu'elle eut refermé la porte, son regard s'éteignit, et un sourire niais joua sur ses lèvres : elle s'entraînait à jouer les bonnes noires idiotes, parce qu'après tout c'était aussi pour cela qu'ils la payaient, pour entrer dans la grande légende américaine d'« Autant en emporte le vent ». Patricia adoptait toujours pour lui parler un petit ton exaspéré mais courtois. Elle s'était acharnée à lui apprendre de quel côté servir à la française, mais Roxanna aimait à se tromper, pour regarder les jolies épaules bien conditionnées venir heurter le plat et — quand elle avait de la chance — en renverser le contenu. À la moindre remontrance, elle se mettait à geindre comme un veau parce que ses larmoiements faisaient fuir Patricia. Roxanna fredonnait alors des chansons paillardes en français de Louisiane que Tricia, qui se prétendait parfaitement bilingue, prenait pour des berceuses. Si par mégarde cette dernière intimait à la bonne l'ordre de s'exprimer en bon anglais, Roxanna ululait, de cette voix qui traînait à loisir sur les fins de mots :

— Mais Madame comprend le français, non ?

Ce qui en général mettait un terme à la conversation.

Tricia avait depuis quelques années pris l'habitude de buter sur les mots anglais les plus usuels, de secouer désespérément ses jolies petites mains lourdes de bagues, avant de poursuivre dans un français très approximatif, souvenir d'une institution au sud de Fontainebleau dans laquelle « dear papa » l'avait envoyée parfaire son éducation.

Roxanna se dirigea vers la cuisine, lieu de conflit permanent puisque Tricia exigeait que tout restât propre, en toute circonstance. Elle se débarrassa de sa veste, qu'elle plia soigneusement dans un petit sac plastique parce que « les vêtements des domestiques ne doivent pas traîner », et chercha la liste des corvées, méticuleusement remplie et que ne manquait jamais de lui laisser Madame, avec l'accent français s'il vous plaît. Vaguement étonnée de ne pas la trouver, elle se demanda si Patricia ne se trouvait pas déjà dans sa salle de bains, salle de torture spécialement aménagée pour mener sur tous les fronts une guerre désespérée contre les ravages de la cinquantaine avouée. C'était du reste cet événement que fêtait ce soir-là la famille au grand complet. Roxanna, désireuse de retarder au maximum le moment où elle devrait complimenter la « Peste blanche » — c'était le gentil surnom dont elle affublait Tricia — sur sa tenue, sa mine superbe ou encore sa ravissante silhouette, se garda de monter la prévenir de son arrivée.

Elle commença d'éplucher sans se presser les pommes qui devaient permettre à Patricia de confectionner elle-même l'une de ses grandes réussites culinaires : la tarte à la normande. Elle y tenait impérativement, même si le pauvre gâteau n'avait de normand que l'imagination de sa créatrice.

Roxanna avait maintes fois constaté que les gens cuisinent comme ils sont, et la pâtisserie de Mrs Barton-Smithtown était obstinément sèche, étriquée et pingre.

Enfin, le principal, c'était de n'être pas convié à goûter le petit résidus qui sortirait du four. Tricia vivait dans la terreur permanente que les domestiques ne se servissent dès les « maîtres » partis. Terreur sans objet puisque Roxanna tenait trop à sa santé pour servir de cobaye aux expérimentations de sa patronne. Elle découpait sans trop de hâte les quartiers de pomme lorsqu'on sonna péremptoirement à la porte. Avant même qu'elle n'eût reposé son couteau, elle entendit Tricia dévaler les escaliers avec de petits claquements de talons hystériques, et lui hurler d'un ton suraigu :

— J'y vais !

Cette précipitation la surprit. Mrs Barton-Smithtown n'était pas du genre à rater une occasion de montrer aux voisins qu'ils avaient les moyens de se payer une domestique qui allait même ouvrir la porte. Elle s'avança donc, tout en restant à demi dissimulée par le chambranle de la porte, pour voir qui pouvait motiver un tel empressement. Ce qu'elle entr'aperçut ne fit qu'émoustiller sa curiosité : la Peste blanche avec d'énormes rouleaux rose chewing-gum dansant au sommet de son crâne, et une espèce de dégoûtante pâte vert-concombre sur le visage. Une sorte de harnais en plastique noir qui passait sous le menton pour se fixer au sommet des rouleaux lui entourait la tête. Roxanna avait cru comprendre qu'on le branchait et qu'il « microvibrait » pour vous tendre les muscles faciaux... Vision apocalyptique, même lorsqu'on y était habitué, et qui laissa le visiteur quelques secondes muet.

— Euh... Mrs Barton-Smithtown ?

La voix déjà nasillarde de Tricia, encore déformée par son instrument de contention, répondit :

— Oui...

— C'est un bouquet... Pour votre anniversaire, Madame.

— Oh, bien...

Elle lui arracha le bouquet des mains et, se tournant, eut un geste évocateur à l'adresse de Roxanna, lui enjoignant de donner un pourboire au livreur. Puis elle remonta précipitamment vers la salle de bains.

Roxanna tendit deux dollars au garçon. C'était beaucoup trop, exprès. Le jeune homme la remercia d'un sourire et lui lança :

— Ben, dites donc, c'est pire qu'E.T. avant la chirurgie esthétique !

Roxanna réprima un rire et retourna vers sa cuisine.

Étrange, tout de même, que Tricia se soit déplacée, surtout dans cet état... Et s'il s'agissait d'un bouquet « malhonnête » ? Peut-être, après tout, la vieille seiche avait-elle réussi à droguer suffisamment un homme pour le contraindre à devenir son amant ? L'idée la réjouit... Il y a vraiment des types qui n'ont peur de rien, ou qui n'ont pas les yeux en face des trous. À moins, bien sûr, qu'elle ne le paye... Oui, c'était plutôt ça... Il la faisait même drôlement raquer... Roxanna délira à loisir sur les relations contre nature que Tricia devait entretenir avec un très jeune amant — probablement toxicomane pour avoir besoin d'argent à ce point ! Elle savait évidemment que tout cela ne tenait pas debout, mais tant pis, ses élucubrations la remplissaient d'aise.

Lorsqu'elle acheva le premier couplet de la chanson qu'elle fredonnait, une berceuse pour une fois, l'étrange silence qui l'enveloppa la mit mal à l'aise... Plus le moindre chuintement d'ionisateur à haute pression-qui-raffermit les hanches, ou d'ozonateur qui retend la peau des fessiers avachis... Quant au micro-suceur de cellulite, il demeurait obstinément muet, lui aussi. Patricia l'avait accoutumée à des exclamations douloureuses, ou des jets rageurs de brosse à cheveux lorsqu'elle ne parvenait pas à gonfler sa pauvre chevelure érodée par trente années d'oxygénation blond-Beacon... Mais rien, tout était, depuis un moment, noyé dans un silence d'une étrange qualité. Roxanna se décida à faire quelque chose, avant de voir la Peste débouler dans la cuisine... Folle d'espoir — peut-être Tricia était-elle devenue muette à la suite d'une éruption d'acné ménopausique ? — , elle gravit l'escalier et frappa à la porte de la salle de bains. N'obtenant pas de réponse, elle entra, et réprima une moue de dégoût lorsqu'elle marcha sur une gaine-culotte couleur chair qui traînait sur le sol, flasque comme une mue reptilienne. Elle la repoussa du bout du pied parce qu'un contact physique, même indirect, avec cette femme la révoltait.

La porte de communication avec la chambre de Tricia était entrouverte. Roxanna la repoussa et se figea, une main sur le chambranle de la porte, l'autre le long de son corps. Patricia Barton-Smithtown gisait sur son lit recouvert d'un drap blanc, baignée d'un sang noir verni, qui dessinait, comme une élégante laque chinoise, les contours de ses mains. Ses bras reposaient proprement écartés le long de son corps, comme si elle avait eu peur de souiller sa jolie robe du soir. Les immondes chaussures qui lui semblaient le comble du chic bourgeois étaient soigneusement rangées le long du lit et pas une boucle blond-Beacon n'avait échappé au filet de laque qui les tenait plaquées sur son crâne.

Sortant à grand-peine de son immobilité, Roxanna s'avança de quelques pas, pour se laisser choir sur la chaîne stéréo posée sur un coffre en camphrier sous la fenêtre. Un craquement plaintif salua la collision entre son derrière et la platine, mais après tout, ces gens-là n'aimaient pas la musique. Roxanna s'offrit le luxe de quelques minutes de réflexion à six dollars de l'heure. Elle n'éprouvait rien. Que la Peste gise exsangue, les poignets lacérés, ne lui faisait ni peine ni même plaisir. Elle avait toujours cru qu'à l'Heure du Grand Règlement de Comptes, lorsqu'elle balancerait enfin à Tricia — en anglais cette fois — les mêmes obscénités que celles qu'elle inventait pour varier ses chansons, elle serait soutenue par le rappel de toutes les humiliations digérées de force. Toutes les méchancetés et les petites brimades supportées au fil des années... Mais même pas... Finalement, c'était peut-être cela la suprême vengeance... Rien... Sinon le vide lamentable que laissait cette femme. Comment toute cette somme d'inexistence pouvait-elle décrire une vie ?

Elle se décida enfin à justifier son salaire... Non, elle n'appellerait pas la police, parce qu'avant même de comprendre de quoi il retournait ; elle serait suspecte de tout et de rien. Elle composa le numéro de téléphone de Mr Barton-Smithtown, qui était en retard sur son habituel « Vendredi soir, 17 heures à la maison », mais sa secrétaire lui répondit qu'il était sorti tôt dans l'après-midi. Elle appela alors calmement l'hôpital, pour qu'on ne puisse pas lui reprocher de n'avoir rien fait, et bien que ce geste l'amusât puisque Tricia était morte, et même très morte... Ce fut du reste ce qu'elle annonça d'une voix bébête et larmoyante à la standardiste qui prit son appel.

Ensuite, elle se rassit sur la chaîne stéréo, un petit sourire au coin des lèvres. La Peste ne lui donnerait plus jamais ses vieilles robes de soirées démodées tout en sachant qu'elle ne les porterait pas, d'abord parce qu'elle ne sortait pas, ensuite parce qu'elles étaient trop petites.

## 4

Il était presque 21 heures au poste de police de Beacon Street lorsqu'on passa l'appel d'urgence à Douglas Morrington Jr.

Tant de choses jouaient en défaveur de Douglas Morrington Jr... Son nom était déjà un handicap en soi. Dans cet univers en réduction où l'avaient mené une indécrottable paresse et un goût prononcé pour les contacts déjà balisés, cette prétentieuse appartenance à une lignée, appuyée d'un « junior » qui ne traduisait, en réalité, que l'enchaînement de trois générations de flics, aurait pu devenir le dernier recours humoristique de policiers désespérés, de ce désespoir sans limite qui rend méchant parce qu'on n'y peut rien. Son père flic avait refusé de démordre du « Junior », pensant que cette précision serait du meilleur effet sur la porte de chêne massif d'un futur bureau de district attorney.

Douglas était tout de même parvenu à rendre virile son espèce de grâce qui donnait à toutes les femmes l'envie d'écouter des heures durant ce beau brun dont elles croyaient qu'il cachait de sombres tourments. Ses collègues auraient pu en faire un synonyme de féminité, mais il avait réussi à transformer à leurs yeux cet impardonnable défaut en prétention, ce qui était largement moins embarrassant. Le peu de goût qu'il avait pour les plaisanteries lestes, parce qu'il ne les comprenait que trop lentement, parachevait cette étiquette de petit bourgeois qu'il cultivait avec soin parce qu'elle lui réservait en priorité une certaine « clientèle » : celle qui ne viole pas les petits garçons parce qu'elle a les moyens de se les offrir et ne cogne pas les gamines parce qu'il existe des maisons très privées pour cela.

Bref, il était à lui seul une gloire de ce petit poste de Beacon Street, mieux connu des forces de police de Boston sous le nom de « La planque ».

Douglas Morrington Jr accepta avec plaisir de se rendre Garden Street... Il aimait les intérieurs de Beacon. Ils lui donnaient des idées de décoration qu'il adaptait à ses moyens. Les gens qu'il y rencontrait savaient rester courtois parce qu'il est de bon ton de se dominer en toute circonstance et qu'après tout il est très difficile de résister à quelqu'un qui connaît tous les artefacts du style.

Le détective Morrington Jr réquisitionna Bo Brown, qui avait la malchance d'ajouter à un physique simiesque une brusquerie dans le geste qui en faisait une parfaite antithèse de l'onctueux Douglas.

Bo Brown, surnommé « Daisy le bulldozer » par le reste de la brigade, avait un temps captivé l'imagination de Douglas, qui lui avait prêté des pensées délicates et des langueurs de jeune fille simplement parce qu'il affichait des manières paléolithiques. Il s'était obstiné à recréer à son profit la parabole du cœur d'or sous la hure patibulaire, jusqu'à ce qu'il ne lui soit plus possible de nier davantage l'évidence : Bo Brown-Daisy était exactement ce dont il avait l'air : bourru, brutal et grossier. Il s'ensuivit, bien sûr, une étape de justification... Daisy était devenu la frêle victime de sordides parents, vraisemblablement désunis, la risée de ses cruels petits camarades d'école maternelle ou encore une provocation crachée à la face d'un monde hypocrite.

Il avait égrené pour lui l'interminable chapelet de ces lexiques psychanalytiques qui font fureur dans les arrière-cuisines et dont les conseillères du cœur tartinent leur rubrique dans le *Boston Globe*.

Douglas avait cru pousser l'honnêteté intellectuelle au sublime en conviant Bo à déjeuner au *Legal Sea Food* de Mass Avenue. Il aimait cet endroit parce qu'il était branché sans aller jusqu'à l'intimidation, parce qu'on y côtoyait la crème du Massachusetts Institute of Technology, des banquiers ou même des stars sportives. Il s'arrangeait toujours pour y arriver au moment du coup de feu pour avoir le plaisir d'attendre au bar et de déguster une petite assiette d'huîtres et un verre de Chablis. Ce qui, pour d'autres, était devenu une cantine, restait pour lui un luxe, dont il savourait les moindres détails. Le parfum des femmes assises au bar, l'exquise courtoisie du personnel, l'immense salle carrelée de couleurs marines et même les toilettes pour hommes. Il ne manquait jamais d'y faire une visite, plongeant dans le léger parfum musqué qui s'attardait dans l'air en permanence, frôlant les immenses plantes vertes qui donnaient à la pièce un air presque colonial, se lavant les mains avec infiniment de soin parce qu'il aimait par-dessus tout la sensation de cette épaisse mousse savonneuse à peine parfumée sur ses poignets... Et puis il y observait discrètement les allées et venues de ces hommes qui étaient sans même y penser tout ce que le petit flic de Beacon Hill rêvait de devenir...

En fait d'honnêteté, Douglas voulait s'offrir le rare plaisir de sauver une pauvre créature de l'ornière dans laquelle une société indifférente l'avait plongée, peut-être même s'y ferait-il l'une de ces amitiés viriles qui donnent à tous les flics l'impression qu'ils sont encore humains et que quelque chose ou quelqu'un ne trahira pas.

Insensible au paradoxe de ses désirs, il se voulait à la fois comme ces hommes désinvoltes entourés de femmes-papillon et cloîtré dans ce monde exclusivement masculin qui plaisante des pires délires des autres pour ignorer le plus possible le sien.

Bo-Daisy avait commencé par lui gâcher « son bar », que Douglas lui offrait comme le cadeau qui devait sceller cette amitié qui devenait une évidence pour lui. Les deux ou trois plaisanteries salaces sur « Les-nibards-de-la-poule-d'à-côté » l'avaient consterné, et lui avaient valu un regard dont la commisération avait fait rougir Douglas. Ils avaient entamé le repas avec une cassolette de langouste que Bo avait trouvée caoutchouteuse et sur laquelle il avait rajouté du gruyère râpé. Douglas s'était jeté à l'eau, vaguement écœuré, mais désireux d'entraîner son compagnon dans une discussion qu'il espérait suffisamment passionnante pour décrocher son regard de toutes les croupes féminines qui passaient à portée.

Il avait tenté de lui faire raconter sa vie, croyant y trouver une explication « honorable », avait insisté sur les traumatismes que laisse obligatoirement une enfance ratée...

Entre deux bruyantes bouchées, Bo avait évoqué vaguement son enfance à Portland, Maine... La pêche aux écrevisses, les parties de cache-cache dans les forêts d'immenses conifères, les jeux de touche-pipi avec les petites copines...

— Je parie que t'as jamais joué à ça, toi ?

— Euh... Non, pourquoi... ?

— Ça m'aurait étonné !

— Mais pourquoi...

— Écoute mon pote, les trucs de pédés, ça me branche pas du tout... Remarque, ça m'a valu un bon gueuleton, mais c'est du pareil au même... Si tu continues à me draguer, tu prends mon poing sur la gueule... Compris ? Parce qu'en plus t'es pas discret... Tout le monde rigole, au poste...

Que cette espèce de demi-homme ait pu croire un instant qu'il le désirait avait laissé Douglas sans voix. Il avait regardé le visage grossier illuminé par une satisfaction méchante, sachant qu'il serait le lendemain la risée de toute la brigade. Et Daisy n'allait pas hésiter à peaufiner son histoire en affirmant qu'il lui avait mis la main aux fesses...

Le plus calmement possible, il avait déclaré :

— Écoute-moi bien, Bo... Même si j'étais pédé, je ne recruterais pas mes coups dans les bouches d'égoût.

Il s'était levé, était allé payer et s'était jeté dehors, secoué d'une folle envie de cogner le premier connard dont le regard croiserait le sien, pour oublier la stupidité mauvaise de cette masse de muscles, et son paradis perdu... Il ne pourrait jamais plus retourner à *Legal Sea Food*... Il lui avait piétiné son luxe.

De cet incident était née une de ces haines solides et peut-être encore plus durables que l'éternelle amitié dont il avait rêvé. La situation conférait un avantage de taille à Douglas Morrington Jr : il était hiérarchiquement supérieur à Bo.

Il ne se passa alors plus d'enquête sans qu'il ne le réquisitionne pour jouer les salauds vulgaires. Il aimait bien cette tactique : il était le gentil flic auquel on finit par se confier, Bo jouait les horreurs... Et Bo Brown était un bon policier.

Flanqué de Bo-Daisy, Douglas Morrington Jr pénétra dans Garden Street à 21 h 30. Un grand type distingué les accueillit en bas de l'escalier, pâle et défait. Le regard de Douglas s'attarda un instant sur le petit tic nerveux qui crispait par saccades la commissure de ses lèvres. Il serra la main aux deux policiers, d'une poigne qui déplut à Douglas parce qu'elle se voulait trop franche.

— Je me présente... Georges Barton-Smithtown, le maître de cette maison.

Curieux comme ces trente premières secondes sont finalement toujours les plus importantes... Rien de ce que cet homme pourrait leur dire plus tard n'effacerait dans l'esprit de Douglas ce débit ridicule qui se voulait militaire, cette façon incongrue de se présenter.

— Nous avons eu un terrible... accident, messieurs.

Daisy, qui s'était jusque-là tenu en retrait, entra dans le vif du sujet :

— À ce qu'on nous a dit, il s'agirait plutôt d'un suicide, non ?

— Je... Nous ne pouvons pas y croire... Il doit s'agir d'un affreux concours de circonstances qui... Enfin, je veux dire que tout cela nous échappe pour l'instant, mais il doit y avoir une explication...

Douglas comprit fort bien ce que sous-entendait cette phrase : « on » souhaitait vivement qu'il y en ait une et « on » lui en serait reconnaissant.

— Peut-être pourrions-nous rencontrer les autres membres de la famille, monsieur ?

Douglas sentit que son intonation rassurait Barton-Smithtown, et c'était exactement ce qu'il fallait.

— Mais bien sûr, voyons, je ne sais plus où j'en suis.

— C'est bien normal, monsieur.

Ils le suivirent jusqu'en haut de l'escalier. Douglas se donna le temps d'admirer la parfaite décoration du salon... Des murs blanc cassé dont la rigueur était relevée par les lourds doubles rideaux bleu électrique, une ravissante bergère, probablement d'époque, un petit secrétaire en bois de rose et un immense miroir vénitien suspendu assez bas. Dans une magnifique bibliothèque Chippendale, les reliures en veau bleu pâle s'harmonisaient à merveille avec la nuance des rideaux... C'était parfait, tout simplement parfait. Comme l'auraient été du reste un petit ensemble de chaises anglaises en acajou presque noir, des murs tendus de toile de lin vert amande et des gravures de chasse... Douglas aurait parié sa paye du mois que la famille Barton-Smithtown avait longuement hésité entre ces deux options du parfait bon goût qui sévissaient dans presque tous les intérieurs des gens de leur condition.

Cinq personnes étaient assises dans divers canapés et fauteuils artistement répartis dans le salon... Presque une photo de famille.

Cinq masques figés... Le choc, la peine, ou la trouille qu'on éprouve presque toujours confronté à la loi, même si on n'a rien fait.

À l'invitation du « maître de maison », Douglas posa une fesse précautionneuse sur un ravissant canapé du même bleu que les doubles rideaux. Conscient que ce petit prodige d'équilibre tendu de soie sauvage n'avait rien à voir avec une quelconque notion de confort, il prit garde de conserver son point de gravité parfaitement calé vers l'avant. Il se demanda avec une délectation sadique quels ravages allaient laisser les pellicules de Daisy sur le bleu du dossier.

— Bien, puis-je savoir qui a découvert Mrs Barton ?

— Barton-Smithtown, le reprit Georges presque sans s'en apercevoir... La bonne, enfin je veux dire notre Roxanna.

Notre Roxanna laissa fuser un gémissement lugubre :

— Oh, la pauvre petite Maââm, si belle, si gentille.

— Et vers quelle heure l'avez-vous découverte, madame ?

Une série de petits sanglots confus lui répondirent.

— Je vous en prie, madame, faites un effort...

— Mais je ne sais pas, moi, je ne sais pas, juste avant de téléphoner à l'hôpital...

Sa voix geignarde et niaise portait sur les nerfs de Douglas, et le soupir excédé de Georges le convainquit de l'inutilité de toute tentative d'interrogatoire.

— Lorsque je suis rentré vers 20 heures, j'ai trouvé Roxanna en pleine crise de nerfs dans la cuisine. Elle avait appelé l'hôpital, qui a envoyé une équipe d'urgence, mais il n'y avait plus rien à faire. Je suis arrivé quelques minutes après leur départ, et au bout de quelques instants de flottement, le choc, vous comprenez, n'est-ce-pas ? j'ai appelé le poste de Beacon. Mon fils Edward est arrivé presque immédiatement, suivi de peu par ma fille (il désigna Gayle-Ann d'un petit mouvement de poignet). Mélanie, la fiancée de mon fils, est arrivée un quart d'heure plus tard et le Dr Bernstein, mon... gendre peu après, bien entendu.

Pendant toute cette explication, le regard de Douglas suivit les petits mouvements de poignet de Barton-Smithtown. L'héritier mâle était plutôt beau mec, grand, aussi blond que son père avec ce regard bleu dur de poupée de porcelaine. Les sourcils presque transparents se rejoignaient à la naissance d'un beau nez droit. Il se mordait les joues, le regard rivé sur son père. Pourtant, Douglas fut convaincu qu'il ne l'écoutait pas. Pensait-il à sa mère, à ce qui dans la vie de cette femme avait pu brusquement déraper, rendant toute suite superflue... ? Ou bien s'ennuyait-il ?

Gayle-Ann Barton-Smithtown... Héritière femelle. Aussi brune que son père et son frère étaient blonds. Elle ressemblait à s'y méprendre à toutes les jeunes filles de bonne famille qu'il croisait quotidiennement... Non, elle devait plutôt, au prix d'un effort considérable, faire croire qu'elle leur ressemblait... Mais la petite bouche crispée et les grandes mains possessivement posées sur les accoudoirs faisaient mentir ce mimétisme.

Avachi à côté d'elle se trouvait son mari... Douglas le détesta. Immédiatement. Il avait ce petit sourire supérieur des gens qui se savent intelligents et qui ont l'intention de ne pas le laisser oublier. Et puis on ne s'avachit pas dans un canapé de ce prix, sauf si on le fait exprès... Douglas détestait ce genre de provocation, y voyant une marque de faiblesse. En réalité, ce que Douglas jugeait intolérable chez ce genre de personnage, c'était la réussite... Et il était évident, à ses manières et à son alliance avec une fille comme

Gayle-Ann, que Bernstein avait réussi... Qu'un fils de famille arrivât sans difficulté paraissait absolument normal à Douglas. Après tout, on pouvait toujours se réconforter en pensant qu'il avait bénéficié des appuis et des amitiés de papa... Mais qu'un petit mec dont le père devait être fourreur ou propriétaire d'une boutique de *delicatessen* soit médecin et arbore au poignet une Rolex de plusieurs milliers de dollars, c'était inacceptable... Cela renvoyait Douglas Morrington Jr à son incapacité et à son extrême paresse. C'était la démonstration que son père avait eu raison, et qu'un bureau de district attorney aurait pu l'attendre, si toutefois il avait consenti à se pousser un peu aux fesses.

En plus, Bernstein était moche, et ressemblait à un batracien entre deux âges... Mais qu'est-ce qu'elle avait pu lui trouver ?

La fiancée d'Edward lui plut énormément, d'abord parce qu'elle sanglotait, ce qui après tout était la seule chose à peu près normale dans cette curieuse prise de contact, ensuite parce qu'elle ressemblait à un petit écureuil roux. Douglas adorait les écureuils, il aimait les tenir dans ses mains, mais le petit squelette qui affleurait sous la fourrure le terrorisait par sa perfection et son extraordinaire fragilité. Douglas sourit vaguement : elle lui rappelait Charles. Charles devait être en train de miauler désespérément derrière la porte, car il n'était pas rentré depuis le petit matin. Il avait trouvé cet énorme chaton deux ans plus tôt à la S.P.A. de Boston. À l'époque, il n'était pas même convaincu d'aimer les animaux, et encore moins les chats, mais son bail ne lui permettait pas de prendre de chien. Il avait sélectionné la boule de poils gris éléphant parce qu'il lui semblait qu'elle était appelée à devenir un fier matou... Quelques semaines plus tard, inquiet du retard d'apparition de ses attributs virils, il avait foncé chez le vétérinaire, pour apprendre qu'il était en réalité le maître de ce qui s'avéra être une toute petite chatte. Et elle était devenue sa maison, le ramenant presque de force chez eux, même lorsqu'il n'avait pas envie d'y rentrer, parce qu'elle l'attendait derrière la porte et qu'il lui prêtait d'inconsolables chagrins. Il lui parlait parce qu'elle lui répondait avec une variété de sons qui faisait de ce dialogue une véritable conversation. Elle le charmait, le faisant rire lorsqu'elle prenait la pose en gonflant son poitrail. Le changement de nom avait été un problème, et il comprit rapidement qu'elle n'aimait pas Charlène et méprisait Charlotte. Elle demeura donc Charles.

Mélanie faisait tourner sa bague de fiançailles à toute vitesse autour de son doigt. Une larme tomba, laissant une tache vert mélèze sur le vert bouteille de sa jupe.

— Je sais que ce sera très pénible pour vous, Mr Barton-Smithtown, mais pourriez-vous me conduire...

— Oui, bien sûr ; je suppose qu'il le faut, n'est-ce pas ?

Ils gravirent l'escalier qui montait au second, sans échanger une parole.

— Par ici, je vous prie. La chambre de ma femme se trouve au bout du couloir.

Georges le précéda dans la petite salle de bains privée de Tricia, dont les ustensiles et le désordre surprirent Douglas, puis ils pénétrèrent dans la chambre aux volets pudiquement refermés.

— Nous n'avons touché à rien, nous ne savions pas très bien ce qu'il convenait de faire.

Georges alluma les deux petites lampes de chevet... Cette pièce sortait elle aussi tout droit d'un numéro spécial de *House and Garden*... Pas un atome d'originalité n'avait présidé au choix du lit « campagne anglaise » ou du petit scriban en pin norvégien. Les murs beige rosé croulaient sous l'abondance de charmants petits tableaux parfaitement adaptés à une chambre de Dame. Toute la vie et la personnalité de Patricia Barton-Smithtown se résumaient-elles à l'incroyable désordre qui régnait dans la salle de bains, ou étaient-elles à jamais enfermées derrière le petit front déjà gris qu'il contemplait ?

— Désirez-vous que je vous laisse, inspecteur ?

La voix de Georges s'étrangla, et Douglas pour la première fois le trouva sympathique. Il détailla avec calme la transformation de son visage ; c'est toujours très intéressant, les maris... Le masque de Georges Barton-Smithtown venait de céder, pour laisser place à une véritable terreur... Il ouvrit la bouche comme si l'air lui faisait soudain défaut, et s'étouffa sur un petit sanglot sec.

— Pourquoi a-t-elle recouvert le lit d'un drap ?

— Ma femme était presque pathologiquement soigneuse... Résultat d'une excellente éducation religieuse, sans doute. Elle a dû avoir peur de tacher le lit... Elle a dû le faire machinalement...

Sa voix était étonnamment douce, et Douglas pensa que les gens avaient décidément des idées bien étranges, mais le fait en lui-même ne le surprenait pas outre mesure. Non, ce qui le laissait perplexe, c'était davantage le désordre de la salle de bains... Elle avait eu peur de tacher le lit mais n'avait pas craint de laisser dévoiler tous les artifices qui lui permettaient de lutter contre le temps, ça, c'était beaucoup moins logique.

— Peut-être vaudrait-il mieux que vous redescendiez, monsieur, en effet.

— Merci, nous vous attendrons en bas.

La seconde d'apitoiement de Douglas était passée, et il se demanda avec cynisme si Barton-Smithtown allait s'écrouler sur le palier.

Le « maître des lieux » parti, Douglas jeta un vague regard à la pièce, sans même s'attarder sur le corps. Seul le détail du solitaire que la victime portait à l'annulaire captiva son imagination. La pierre aiguë, sertie dans sa lourde coque de sang, finissait par ressembler à un énorme rubis, comme si le diamant avait puisé dans ce sang humain la force d'une transmutation. L'image de cette métamorphose alchimique le fascina davantage par son esthétisme morbide que parce qu'elle avait un quelconque intérêt policier.

Mais les types du laboratoire feraient leur travail. Ils étaient du reste largement plus compétents que lui pour ce genre de choses, et dans quelques jours, il recevrait les résultats de toutes les analyses. Douglas avait appris, parfois à ses dépens, que la mémoire est traîtresse, et qu'elle amalgame sans qu'on y prenne garde les faits avec de vagues sensations qui naissent de souvenirs épars et qui faussent presque imperceptiblement le jeu... Mais rien n'est plus objectif qu'un pic de chromatographe.

Oui, mais justement... Pourquoi faire appel aux gars du labo ? N'était-ce pas précisément parce que se mêlait à cette scène extraordinairement figée comme une réminiscence ? Était-ce simplement parce qu'il aimait la précision, ou pour secouer la quiétude méprisante des Barton-Smithtown ?

Calmement, Douglas redescendit retrouver la famille au premier. En entrant dans le salon, son regard s'arrêta sur Mélanie, qui se laissait dévorer par ses sanglots comme si son chagrin y prenait directement sa source et qu'il faille s'en débarrasser au plus vite. Sans qu'il sût vraiment pourquoi, elle l'attendrissait, et cet attendrissement le rendait supérieur, donc plus conciliant. Et puis, le calme de Gayle-Ann et la suffisance goguenarde de son mari l'avaient exaspéré.

Douglas aimait passionnément les femmes, du moins ce qu'il croyait être les « femmes », c'est-à-dire une mosaïque de détails empruntés ici ou là, et qui amalgamés, finissaient par composer un portrait-type. Il les aimait, convaincu que leurs qualités étaient intrinsèques et que leurs défauts n'étaient que la résultante de la violence, de la lâcheté et de la grossièreté des hommes. Elles savaient où se trouvait l'essentiel de la vie puisqu'elles la faisaient, et devaient donc être préservées. C'étaient cela les vraies femmes, et s'il s'en trouvait qui ne se conformaient pas à ce schéma directeur, c'est qu'elles n'étaient plus des femmes et qu'elles ne méritaient donc pas qu'on les protégeât.

Mélanie pleurait et c'était dans la logique des choses. Elle sanglotait comme une petite fille parce qu'elle avait besoin qu'on la rassure et qu'on la calme. Ces larmes, qui parfois exaspèrent parce qu'elles deviennent l'arme ultime que les hommes doivent respecter sous peine de devenir le misérable salopard de l'histoire, apaisaient Douglas.

Mélanie lui rappela brusquement Sandy, qu'il avait aimée jusqu'à la déraison et qui savait si bien pleurer lorsqu'elle ne trouvait plus d'autres moyens de vaincre. Pourtant, Sandy était une blonde élancée qui n'avait que faire de son encombrant prétendant. Il l'avait aimée durant les trois années qu'avaient duré ses pseudo-études universitaires. Son regard lui faisait mal, mais lorsqu'elle l'ignorait, il se sentait retourner à l'inexistence. Ses infidélités le crucifiaient bien qu'elle ne lui ait jamais appartenu, mais ce dernier point n'avait somme toute que bien peu d'importance. Chacun des gestes de Sandy était devenu dans le décryptage qu'il en faisait un symbole de bonheur ou au contraire de négation et chacune de ses phrases les plus anodines le lançait dans une série de déductions où il s'acharnait à deviner ce qu'elle n'avait pas dit et ce que peut-être elle laissait sous-entendre. La moindre banalité prenait des allures divinatoires, et il décortiquait des heures durant ses demi-silences et ses plus petites hésitations.

Trois ans de drames artificiels et de non-sens, mais qui avaient du moins le mérite de l'avoir distrait.

Il avait pris l'habitude de s'embusquer en bas de chez elle, caché dans sa voiture pour pouvoir la suivre dans ses moindres déplacements. Un soir, il l'avait vue enfin monter dans sa Chevette vert amande. Il était très tard. Elle ne pouvait donc se rendre que chez l'un des fantasmatiques amants que lui prêtait Douglas. Son cœur avait manqué un battement et sa respiration lui avait déchiré la poitrine... Mon Dieu... Il l'aimait tant. Il avait pris la Chevette en chasse. Elle était sortie du centre-ville et s'était dirigée vers Brookline Bridge, avait roulé encore quelques minutes et s'était arrêtée devant une maison edwardienne entourée d'un minuscule jardinet... Le luxe. Un homme était immédiatement sorti de la maison. Douglas s'était rué comme un fou... Il allait buter ce taré qui piétinait son histoire d'amour, ce sale con qui parce qu'il habitait une des maisons de famille de Brookline s'imaginait que toutes les filles lui appartenaient... Il lui avait balancé un coup de poing dans l'estomac et avait attrapé Sandy par le bras. Elle avait hurlé en se retournant... Ce n'était pas Sandy, mais une fille blonde qui lui ressemblait à peine.

Il avait éclaté d'un rire hystérique, était remonté dans sa voiture et avait laissé les deux jeunes gens pétrifiés sur le trottoir... Puis il avait fondu en larmes.

Quelle sublime illustration de la passion, que ce merveilleux artifice qui allait de lui à lui en transitant par un objet qui était elle ou une autre... Il avait désaimé Sandy, et ne s'en était plus souvenu que pour justifier, d'abord vis-à-vis de ses parents, ensuite de lui-même, ses échecs scolaires à répétition.

Douglas émergea de ses souvenirs pour s'apercevoir qu'il avait pris la main de Mélanie et lui caressait machinalement la paume. Daisy le regardait, goguenard et surpris.

Mélanie hoquetait encore un peu, comme par mégarde.

— Ça va mieux ?

Elle hocha la tête avec un petit sourire crispé qui faisait descendre les commissures de sa bouche.

— Vous l'aimiez beaucoup, n'est-ce pas ?

Au regard à la fois étonné et traqué qu'elle lança vers Georges, il comprit que non, elle ne l'aimait pas beaucoup, mais que le choc, la fatigue, le visage défait du mari, le regard fixe d'Edward et les couinements de Roxanna... Bref, tout un ensemble de choses qui n'avait pas grand-chose à voir avec la morte avait trouvé sa solution dans une crise de sanglots.

Douglas serra la main de Mélanie comme celle d'une petite fille à qui l'on tente de donner du courage. Murmurant presque pour ne pas l'effrayer, il lui demanda :

— Et si vous me racontiez ce qui s'est passé ?

— Elle est avocat...

Daisy venait de lâcher cette phrase du même ton qu'il aurait annoncé qu'elle tapinait aux environs de la Combat Zone.

Si elle n'avait pas eu de grands yeux verts mouillés, si son mascara n'avait pas dégouliné pitoyablement en noyant ses taches de rousseur et si elle avait retiré sa main, Douglas lui en aurait terriblement voulu. Mais elle le regardait éperdument avec un air de chien abandonné et il se dit pour la première fois de sa vie de flic que c'était, après tout, un moyen comme un autre de gagner sa vie.

— Alors, qu'est-ce qui s'est passé ?

— À vrai dire, je n'en sais rien... (Sa voix surprit Douglas, une voix juste, posée, comme si elle essayait de prouver que sa crise de nerfs n'était qu'un très vieux souvenir. Elle poursuivit :) Je suis arrivée un peu en retard, juste avant Samuel, je crois... Tout le monde courait dans tous les sens. Edward m'a assise sur le canapé et m'a priée de ne pas compliquer les choses, mais je ne savais toujours pas ce qui se passait. Il m'a fallu pas mal de temps pour comprendre ce que disait Roxanna... Que Tricia était morte...

Il s'attendait à une nouvelle crise, mais elle le

regardait droit dans les yeux, les lèvres à peine entrouvertes.

Douglas se tourna vers Samuel Bernstein, qui n'avait toujours pas bougé.

— Vous êtes monté voir le corps ?

— Bien sûr, voyons.

Douglas crut percevoir une note ironique dans cette réponse, mais il était prêt à toutes les exagérations pour justifier l'antipathie qu'il éprouvait pour Bernstein, et le sachant, s'en méfiait.

— Alors, qu'en pensez-vous ?

— À mon avis, elle s'est suicidée.

— Vraiment ?

Gayle-Ann se leva brusquement.

— Vous nous quittez, madame ?

Il persiflait, insistant sur le « madame » parce que cette grande femme le mettait mal à l'aise. Son regard passait au travers des gens comme s'ils n'avaient aucune substance. En réalité, Gayle-Ann était terriblement myope.

— Non, sauf si vous y tenez... On sonne.

Elle seule avait entendu qu'on s'énervait à la porte d'entrée depuis quelques minutes. Elle descendit calmement. Sa longue silhouette trop mince n'était pas véritablement élégante mais remplissait admirablement l'espace, comme s'il avait été spécialement conçu pour elle.

Douglas surprit le regard de Samuel qui accompagnait sa femme. Le regard violent d'un affamé, non, pas tout à fait, un regard chargé de vie, de possession, un regard sans humour.

Quelques secondes plus tard, une chose surgit du haut de l'escalier. Grande et large, très blonde, et dotée d'une voix de stentor tabagique.

Gayle-Ann suivait, et présenta la nouvelle venue à Daisy, qui s'écroula plus profondément encore dans le pauvre canapé, puis à Douglas, qui se leva instinctivement, même s'il n'était toujours pas convaincu du sexe de son vis-à-vis.

— Ma tante Margaret.

Même en omettant le lifting, le petit nez joliment couturé, la gaine et la permanente de Tricia, Margaret devait être son aînée. Elle avait la soixantaine bien tassée, qu'elle devait aider par une consommation assidue de cigarettes et très vraisemblablement d'alcool. Du reste, après un petit signe de tête, elle se dirigea vers la bibliothèque Chippendale, l'ouvrit pour révéler un petit bar, et se servit une généreuse ration de whisky, sec, s'il vous plaît.

— Vous êtes au courant ?

— Je n'arrive pas à le croire...

Sa voix était étonnamment masculine, jusque dans ses intonations, plates et sans presque d'accent tonique.

— Je suis très en retard, je me suis arrêtée en chemin pour boire un ou deux verres avec une amie... En fait, je l'ai fait exprès, pour emmerder Tricia. Je vous le dis, parce que maintenant tout cela paraît tellement futile et bête que j'en ai honte.

Elle surprit Douglas parce qu'elle lui parlait comme s'ils se connaissaient de longue date, comme s'il n'était pas policier et comme s'il était important qu'il comprît.

Bo-Daisy eut un rire gras. Il trouvait la blague vachement bonne, et fut récompensé de son gloussement par un regard vague de Gayle-Ann, qui le considéra comme s'il avait été un énorme tas de merde malodorant et bien mou dont on se demande avec effroi comment on va pouvoir le ramasser et si ça laisse des taches sur la moquette... Le regard de l'héritière était suffisamment évocateur pour que même Bo parvienne à traduire sa pensée. Il crispa les mâchoires, prêt à lui coller une claque.

— Vous êtes sa sœur ou sa belle-sœur ?

— C'était ma demi-sœur.

Curieux comme elle s'était vite faite à l'imparfait...

Douglas, pour qui la mort était une habitude, s'y heurtait encore.

— Elle m'a invitée pour son anniversaire, en général elle préférait oublier... Quelle étrange idée de se suicider le jour de son anniversaire... Non, après tout, c'est une excellente idée de mourir le jour de sa naissance.

Toujours debout, elle remplissait son verre pour la troisième fois. Elle était trop massive, mais ses gestes avaient une élégante sobriété. Elle portait un informe pantalon gris et une chemisette d'une propreté très approximative. Une énorme tache de graisse en forme d'amande maculait son sein droit. Suivant le regard de Douglas, elle conclut :

— La tenue aussi c'était fait exprès ; qu'est-ce qu'on peut être bête, non ?

Edward entra dans le salon, tenant son père par le bras. Barton-Smithtown était assommé par le choc, le désordre ou le chagrin, qui sait ? Son fils l'aida à s'effondrer lourdement dans l'un des fauteuils et resta, grand et perdu, au milieu de la pièce, puis s'avança vers sa tante. Douglas leur trouva une certaine ressemblance. Élisabeth était appuyée contre la bibliothèque, les épaules bien à plat contre les petits carreaux en losange, si bien qu'on avait l'impression qu'elle empêchait le meuble de s'écrouler. Il la prit dans ses bras.

— Margaret, je suis tellement désolé...

De quoi, personne ne le savait, et lui non plus.

Elle était immobile, la tête enfouie dans l'épaule de son neveu, puis son grand corps trembla et ses épaules sursautèrent... Elle pleurait, presque sans bruit.

Personne n'osa bouger. Douglas se souvint du chagrin de son père lorsqu'ils étaient rentrés, seuls, de l'enterrement de sa mère. Pendant quatre jours il n'avait rien dit, pâle, défait et les yeux glacés. Il avait réglé avec un soin presque maladif les moindres détails de l'inhumation. Il n'y avait presque personne au cimetière : deux voisins venus par courtoisie et les quelques inévitables badauds qui traînent toujours comme des mouches à mort autour des cercueils, peut-être parce qu'ils se rassurent sur leur propre vie... C'est de la merde, ça oui, mais au moins, eux ne sont pas dans le trou. Ou peut-être simplement parce qu'ils ne se souviennent de leur existence que dans ces rares moments-là. Douglas ne leur en voulait pas parce qu'il avait lui aussi parfois du mal à se souvenir qu'il n'avait pas disparu.

Ils étaient donc rentrés, deux solitudes cheminant côte-à-côte sous un parapluie, parce qu'il pleuvait, mais quand ne pleut-il pas dans cette putain de ville ?

Douglas, lui, n'avait même pas pensé à prendre le bras de son père... Il y avait bien longtemps qu'il ne touchait plus les hommes. Ils s'étaient assis tous les deux, chacun à un bout du canapé, fixant sans le savoir le même point au-dessus de l'applique en bois. Et puis, soudain, un son rauque déchirant avait rompu le fil qui maintenait son regard accroché au mur d'en face. Il s'était tourné vers son père en larmes. Le son s'était amplifié jusqu'à remplir toute la petite pièce, sortant par hoquets tumultueux, et il avait compris que c'était un tribut payé à la morte pour pouvoir revivre un jour... Douglas, lui, n'avait pas su pleurer.

Margaret s'était calmée, et Edward caressait tendrement les petits cheveux courts et raides, blonds comme ceux d'une poupée norvégienne. Elle se tourna vers Gayle-Ann, qui lui sourit sans presque détendre les lèvres.

— Bon, et si on reprenait depuis le début ?

Bo, toujours fidèle à son personnage, commençait à s'ennuyer ferme. Après tout, rien à foutre du nez coulant de la grosse ou des nénés de la rouquine, on n'allait pas y passer la nuit...

Douglas, habituellement, saisissait toujours ce genre de perche, et c'est pour cette raison qu'il tolérait encore que Bo-Daisy respirât le même air que lui. Il prenait un petit air constipé et désolé, balbutiait quelques mots d'excuse pour expliquer la grossièreté de son petit camarade et fonçait tout en dentelles dans la brèche. L'instant était en général idéal, tout y était confus, amplifié et curieusement distordu. La mort si proche condensait pour quelques heures les passions, les regrets et les remords. C'était le moment rêvé pour s'insinuer dans le monde habituellement bien clos des souvenirs des autres, pour tirer une phrase au hasard et la suivre, voir où elle menait ; pour surprendre un geste, un regard, une fuite. Mais ce soir, Douglas ne s'en sentait ni l'envie ni le courage... Peut-être à cause des yeux de Mélanie, ou du chagrin de Margaret ? Oh, et puis pourquoi se posait-il ce genre de questions ? Jusqu'à preuve du contraire, elle s'était suicidée, non ?

Ça traîne dans toutes les vieilles séries policières qu'on rediffuse jusqu'à plus soif pour boucher les trous des différents programmes de l'après-midi... Cette fameuse histoire de l'instinct de flic. Douglas aurait dû rentrer directement au poste, déclarer le suicide de Mrs Barton-Smithtown et clore le dossier, mais il y avait toujours l'ombre du doute et ce soir, ça n'était pas une ombre, mais un sentiment lourd et parfaitement confus... Ce n'était pas un suicide, un point c'est tout. Il allait prévenir les gars du labo pour qu'ils viennent prendre le corps. Avec une satisfaction sadique, il imagina leurs démêlés avec la famille.

Douglas se leva lentement, sous le regard torve de Daisy, qui lui aussi avait flairé la bonne affaire. Son mufle dépité s'allongeait comme celui d'un corniaud auquel on enlève son os, qui mordrait volontiers mais qui se souvient des trempes passées. Douglas prit congé d'un ton presque confidentiel, fidèle à sa réputation de courtoisie toute « beaconnienne ». Il se sépara de Bo sitôt qu'ils furent sortis et sans un mot d'explication. Sa petite chatte au nez rose thé l'attendait, mais ce n'était pas la peine d'en parler au néanderthalien. Bo ne savait pas que certains chats parviennent à concentrer dans un demi-centimètre carré de peau toutes les teintes des vieilles roses anglaises.

## 5

*Peut-on se remettre d'une chose comme cela ? Se mettre à nouveau en soi ?*

*Le meurtre n'est-il pas un acte désespérément définitif, un dérapage si large qu'on en perd la courbe, un irrémédiable basculement des priorités forgées par plusieurs millénaires de philosophie judéo-chrétienne et par plus de trente ans de certitudes ?*

*Peut-être est-ce pour cela que seul le premier crime compte ; curieux, on dit la même chose de l'amour.*

*En fait, ce n'est ni la pitié, ni le sens du droit, ni même le respect, qui contraint, mais cette notion de premier pas, et vers quoi... ?*

*Même sans divaguer vers des notions psychopathologiques qui confondent la surpuissance, la compétition avec l'Ultime, Dieu ou soi-même, — un soi-même débarrassé des contraintes et des craintes, des lâchetés et des calculs —, pour une fois faire quelque chose d'irréversible, sans se réserver de voie de sortie ou de retraite, faire quelque chose d'extraordinaire et dépasser le cadre tissé par ce fatras de notions civilisatrices, de logique rectiligne où chaque cause implique ses conséquences, se trouver avant tout le monde dans cette espèce de limbe... Et puis tenter de revenir à soi, en soi, pour retrouver la peur du remords plus que le remords... Peut-on vraiment revenir d'aussi profond ?*

*Qu'est-ce qu'on paye vraiment ? L'acte en lui-même*

*ou plutôt ce retour ? L'Ultime se venge-t-Il de la rupture de cet engagement tacite à suivre sa Loi, où ponctuellement Il n'a pas eu la décision finale ? Ou bien, porte-t-on vraiment en soi, avant même l'acte, les germes de sa punition ?*

## 6

Douglas avait presque oublié les Barton-Smithtown lorsqu'il arriva au poste le surlendemain, en retard comme d'habitude. Il s'engagea dans le long couloir jaune coquille d'œuf qui menait à son bureau.

Il n'aimait pas ce couloir. On y avait suspendu les portraits figés et consciencieusement souriants des officiers de police morts en service... En grand uniforme, la casquette coquettement penchée sur l'oreille. Tous semblables, à croire que le photographe ne prenait et n'archivait ses photos que dans l'éventualité d'une mort héroïque. Une petite plaque de bronze gravée indiquait sous chaque portrait le nom du noble défenseur de la loi et l'intervalle de vie que lui avait laissé un petit dealer, un camé, un proxénète ou un gamin qui se prenait pour Starsky ou Hutch.

Douglas baissait les yeux, évitant de croiser leur regard, surtout celui de ce petit bébé texan tout rose et blond, mort deux ans auparavant... Une dérisoire balle perdue, celle d'un autre flic. Il pensait sans doute, comme eux tous au début, pouvoir sauver la veuve et l'orphelin à lui tout seul et sa texane de maman l'avait envoyé à Boston pour l'Amérique et ce bon Dieu dont on parle sur les dollars, sa valise pleine de petites chemises bleues réglementaires.

Son visage finissait par se dissoudre dans la mémoire de Douglas, se fondant à d'autres traits pour dessiner de plus en plus chaque jour ceux de

Douglas Morrington Jr... Tombé pour la Loi... En fait mort sans que cela change quoi que ce soit et pour à peine mille dollars à bon Dieu par mois. Le bébé blond aurait pu devenir le secrétaire particulier d'une PW dynamique, d'une golden-girl qui soigne sa lingerie même si la baise ça ne vaut pas les orgasmes du Dow Jones et la sueur des soirées chaudes de Wall Street... Mais il voulait faire dans l'héroïsme.

Douglas trouva sur son bureau le rapport sur le suicide de Patricia Barton-Smithtown. Les gars devaient s'ennuyer pour aller si vite, à moins qu'on accordât davantage d'intérêt aux veines tranchées d'une bourgeoise de Beacon qu'à celles d'une quelconque gonzesse d'Arlington.

Il se plongea dans l'étalage de muscles et la description de la ceinture abdominale... L'endomètre était normal et il n'y avait pas trace de sperme, donc pas de coït avant la mort. Il navigua entre les sécrétions gastriques et la légère sous-alimentation de feu Patricia Barton-Smithtown, concluant qu'elle devait se soumettre à un infernal régime pour pouvoir entrer dans ses robes du soir. Il disséqua, en différé, ce bout de viande morte qui quelques jours plus tôt était encore une femme. « Présence de deux entailles habilement suturées derrière chaque oreille » et « un point cicatriciel reste à peine visible sous le menton »... Lifting et liposuccion, les deux mamelles de la longévité victorieuse de la femme occidentale. C'était d'une affligeante banalité, jusqu'à la ligne suivante. Le légiste s'y étonnait : d'abord que la profondeur des entailles fût la même sur les deux poignets, alors qu'elle était droitière, ensuite qu'elle ait perdu tant de sang... Les veines, ça se bouche, pardon ça se collabe très vite. Rien à voir avec un flot artériel. D'autres petites choses semblaient également le perturber, surtout la « présence de micro-effractions cutanées ponctiformes au niveau des deux chevilles et du cuir chevelu, visibles malgré l'érosion de celui-ci, qu'on pouvait vraisemblablement imputer à l'application fréquente de détergents capillaires ». En d'autres termes, pourquoi diable avait-elle toutes ces marques d'aiguille, surtout au niveau du crâne, et en plus c'était une fausse blonde. Le médecin de garde devait s'ennuyer particulièrement ce soir-là, à moins que ce ne fût un anxieux, et il avait poussé la conscience professionnelle jusqu'à rechercher tout ce qu'il était possible de dénicher dans le sang de la défunte. Outre un taux normal de globules rouges et de plaquettes, le sang froid de Mrs Barton-Smithtown révélait la présence d'une quantité non négligeable de barbituriques, d'alcool, d'acide salicylique et d'œstrogènes de synthèse.

Bon, elle luttait vaillamment contre la ménopause, exit les œstrogènes, c'était une nerveuse insomniaque, ce qui expliquait les barbituriques, et elle se remontait le moral à coups de whisky. Restait l'acide salicylique, ou aspirine pour ces incultes de policiers. À moins d'imaginer une gigantesque migraine perdurant depuis plusieurs jours, le taux sanguin paraissait monstrueux au médecin, et donc à Douglas. Histoire d'insister sur son indigence culturelle, le médecin se permettait de rappeler au policier chargé du dossier que « l'acide salicylique est un hémorragique, ce qui en dépit de ses merveilleuses propriétés anti-inflammatoires en fait un médicament dangereux, surtout quand on a décidé de se trancher les veines »... Les anatomo-pathologistes ont parfois un curieux sens de la nuance...

Et Douglas était un des rares de la brigade à priser leur sens de l'humour très particulier. Peut-être étaient-ils drôles pour éviter de sombrer, ou parce qu'ils étaient déjà perdus. Ils avaient quotidiennement le redoutable privilège d'observer la tragédie humaine dans ce qu'elle a de plus objectif : un corps de femme ou d'enfant, nu, écartelé sur une paillasse en aluminium, attendant la première morsure du scalpel.

# 7

Edward Barton-Smithtown pénétra dans le bureau de Douglas comme il serait entré n'importe où. C'est toujours très révélateur, la façon dont les gens entrent. Non qu'il existât une façon innocente ou au contraire chargée d'entrer quelque part, mais plutôt parce que cela permettait d'envisager l'entretien comme un combat, un piège, un confessionnal, un lieu où il convient de séduire ou d'apitoyer, ou plus simplement comme un entretien. Edward s'en acquitta simplement, et attendit qu'on l'invite à s'asseoir. Et même cela, il le fit admirablement : sans s'effondrer ni se raidir, non, il posa normalement ses fesses sur un fauteuil, certes inconfortable, mais tout ce qu'il y a de banal. Il salua Douglas et attendit tranquillement les questions... Après tout, ceci était un interrogatoire, n'est-ce pas ?

Douglas commença avec une jovialité courtoise, pour faire pendant à la muflerie désordonnée de Daisy.

— Croyez bien, Mr Barton-Smithtown, que je suis absolument désolé par cette effroyable tragédie...

— Euh... Oui, merci.

La phrase était idiote, il le savait, mais c'était une entrée en matière comme une autre.

— Tout ceci n'est qu'affaire de procédure, mais il demeure un ou deux points que j'aimerais vous voir préciser.

— Mais bien sûr...

— Avez-vous constaté chez votre mère une certaine... morosité, ces derniers temps, était-elle déprimée ?

— Non, pas vraiment. Mais, vous savez, nous ne parlions pas de ces choses-là. Tricia, ma mère, a toujours considéré qu'il y avait le clan des hommes et le territoire des femmes. Elle n'aurait pas confié ce genre de choses à un homme, pas même son fils, à moins qu'il ne se soit agi de problèmes pécuniaires. Mais pour en revenir à votre question... Non, au contraire. Je la trouvais plutôt... à la fois hystérique et évasive, depuis quelque temps. Ça ne signifie rien pour vous, bien sûr. Disons qu'elle avait des accès de rire, puis des silences, mais pas vraiment tristes, plutôt ailleurs.

— À votre connaissance, elle n'avait ni problèmes d'argent ni soucis conjugaux ?

Douglas le vit se raidir, c'était prévu.

— Ça, mon cher, demandez-le à mon père.

— Les maris sont en général très mal informés...

Gagné, il était irrité.

— Non, je ne crois pas que Tricia ait eu des désillusions amoureuses... Du reste, ce genre de choses l'intéressait fort peu... De toute façon, ça n'est pas mon problème.

— Que faisiez vous vendredi soir dernier, Mr Barton-Smithtown ?

— Je n'aime pas du tout le tour que prend cette conversation... Si je suis suspect de je ne sais quoi, dites-le, et je demanderai à Mélanie de m'assister.

— Pourquoi cela, Mr Barton-Smithtown ? Vous avez des doutes ?

— Des doutes ?

— Sur le suicide de votre mère, par exemple ?

Edward parut le voir pour la première fois, et même le regarder.

— Parce que, voyez-vous, deux ou trois choses m'étonnent un peu, moi. Notamment que les entailles des deux poignets de votre mère aient été faites avec la même force.

La pomme d'Adam d'Edward remonta brutalement. Douglas sentit qu'il voyait la lame de rasoir trancher le petit poignet blanc. D'abord, il ne se passait rien, rien qu'une trace, une jolie petite ligne un peu plus blanche que le reste. Puis la ligne rosissait, et soudain des gouttelettes rouges sourdaient pour se rejoindre en filet et dévaler vers la paume.

— Je ne vois absolument pas ce que vous voulez dire, et je...

— Et vous ?

— Bon, d'accord... Mais c'est impossible, vous comprenez, c'est inadmissible, c'est tout.

— Pourquoi ?

Edward s'avança sur son fauteuil, les avant-bras collés aux accoudoirs comme pour garder un point de contact tangible avec la pièce.

— Je veux dire que l'idée de ma mère se suicidant est absurde, ça ne collait pas du tout avec sa personnalité.

— Vous savez, il y a des moments où l'on échappe à sa personnalité.

— Non, pas elle. Vous n'imaginez pas le monde de certitudes qu'était sa vie.

Était-ce un compliment posthume, un constat ou une injure ?

— En plus, elle avait une peur bleue de la mort. Sa vie était une mosaïque de petites choses bien nettes et bien définies, la mort, dans tout cela, ça fait un peu désordre. Et puis, finalement, elle était assez satisfaite de sa vie, des gens qui gravitaient autour, et d'elle-même, alors pourquoi mourir ?

Douglas ne parvenait toujours pas à deviner s'il l'avait aimée ou s'il la détestait. Sa voix était étonnamment plate. Barton-Smithtown reprit :

— ... Et bien sûr, comme il ne peut pas être question d'un accident...

Edward pencha subitement la tête, presque jusqu'à

toucher ses genoux. Ses cheveux quasiment blancs balayèrent les fines rayures anthracite du pantalon. Il était secoué par une crise de fou rire.

— ... Excusez-moi, hoqueta-t-il, c'est nerveux, c'est complètement idiot...

Douglas attendit sans broncher, paniqué à l'idée que cette crise de rire puisse se terminer en crise de larmes. Il n'en fut rien. Edward souffla comme après une longue course et se calma.

Sa jolie peau de blond était cramoisie... En définitive, il était beaucoup moins joli garçon que Douglas ne l'avait cru, et cette constatation lui fit plaisir.

— Excusez-moi, vraiment, je...

— Mais non, je comprends, le choc...

— Non... Je pense à mon père. Il ne cesse de répéter à qui veut encore l'écouter qu'il s'agit d'un affreux malentendu... Du même ton qu'il prendrait s'il était injustement accusé d'avoir intentionnellement frôlé la croupe d'une bonne femme dans le métro.

Il était étonnant, cet Edward... Douglas n'arrivait pas à remonter l'écheveau de ses pensées. D'où lui était venue cette idée ? Il n'avait pourtant l'air ni d'un imaginatif ni surtout d'un humoriste.

— Mon père a décidé de croire qu'il s'agissait d'un accident... Comme si deux lames de rasoir s'étaient abattues toutes seules par un malencontreux hasard sur ses poignets, alors qu'elle faisait la sieste.

— Hum... Et si nous en revenions à ce qui est inadmissible...

Pour la première fois de l'entrevue, Edward le regarda droit dans les yeux. Douglas venait de gagner le privilège d'être scruté et jaugé. C'était toujours la même histoire, avec ces gens-là... Ils vous prennent d'abord pour un débile profond, parce que vous n'avez ni leur fric ni leur palmarès génétique. Et l'alternative est toujours la même : ils vous mentent, avec pas mal d'habileté parfois, ou choisissent l'option « je sens qu'avec vous je vais pouvoir être vrai et vous déballer mes tripes sur le bureau ».

Seulement Douglas n'aimait ni les déballages charcutiers, ni les crises de nerfs, ni surtout qu'on le prenne pour un con.

— C'est à cause de Samuel, mon beau-frère...

D'un hochement de tête, Douglas lui indiqua qu'il n'était ni sénile ni amnésique.

— Après que vous êtes parti, nous nous sommes occupés de la famille, de régler les détails que vous pouvez imaginer...

Douglas imaginait assez bien les détails, mais pas la façon dont les Barton-Smithtown pouvaient les régler. Lorsque sa mère était morte, il avait dû demander des devis à cinq ou six entreprises de pompes funèbres pour voir ce qu'une vie d'honnête citoyen américain leur permettait de lui offrir comme cercueil.

— Et puis, j'ai proposé à Roxanna de la raccompagner chez elle. Il était tard et son quartier n'est pas des plus résidentiels. J'étais secoué, et Samuel a proposé de nous accompagner. Roxanna l'aime beaucoup ; bien sûr, elle est gentille avec tout le monde, mais elle préfère nettement Samuel. C'est une fille simple.

Douglas savait qu'il ne devait pas l'interrompre, mais se demandait avec agacement s'il allait encore longtemps laisser libre cours à sa logorrhée. Edward le mettait mal à l'aise, parce qu'il ne parvenait pas à savoir s'il était d'une intelligence limitée ou si au contraire, il se payait sa tête depuis le début de « l'entretien »... Et finalement, il penchait de plus en plus pour la deuxième solution. Cette constatation lui fit assez plaisir... Qu'il l'eût compris si vite prouvait qu'Edward n'était ni si futé ni si malin qu'il le croyait.

— ... Enfin, bref, nous avons déposé Roxanna, puis pris le chemin du retour. Samuel était muet, attitude d'autant plus étrange qu'il est bavard.

— Il était peut-être triste, ou choqué, non ?

— Pourquoi ?... Ah, vous voulez dire pour Tricia ?

Non, Samuel la détestait, mais il restait courtois et serviable à cause de Gayle-Ann... Ils s'adorent, vous savez ?

— Pourquoi détestait-il votre mère ?

Douglas eut droit à un autre regard aigu.

— Pourquoi ne lui demandez-vous pas ?

— Vous avez raison... Merci de votre suggestion, je n'y aurais pas songé tout seul.

Douglas se serait volontiers embrassé : les maxillaires du beau blond s'étaient crispés. Certes, ça ne faisait pas beaucoup avancer les choses, mais la dérisoire petite victoire d'amour-propre lui faisait quand même chaud au cœur. Le persiflage est chose facile, il suffit de se mettre dans la peau de celui qui n'a pas peur.

— Bon, je lui ai finalement demandé pourquoi il était si tendu... Il était livide. Il a arrêté la voiture : « Elle ne s'est pas suicidée, m'a-t-il dit. Ça a l'air invraisemblable mais elle n'a pas pu se suicider... Ou alors, c'est qu'elle était largement moins gourde que je ne le pensais... »

— Le Dr Bernstein a raison, Mrs Barton-Smithtown a été « suicidée ».

— Mais c'est impossible, voyons...

— Oh, mais non... Et vous le savez très bien.

— Tricia était très méfiante. Quant à Roxanna, elle n'aurait jamais laissé entrer quelqu'un comme ça.

— Allons, Mr Barton-Smithtown... Vous n'imaginez tout de même pas que quelqu'un se serait introduit chez vos parents pour trancher les veines de votre mère, maquiller son crime en suicide, puis serait reparti sans rien emporter... Car il ne manque rien, n'est-ce pas ? Or, si je ne m'abuse, il y avait l'équivalent de plusieurs milliers de dollars rien que dans son coffre à bijoux.

Les narines d'Edward se pincèrent, et le regard bleu héliotrope se fit carnassier.

— Si vous insinuez que c'est l'un d'entre nous qui... Vous perdez complètement la tête...

En tous les cas, lui perdit complètement les pédales, et se leva en hurlant :

— Vous êtes un pauvre mec, Morrington... Un minable, un petit flic de merde. Vous avez flairé la bonne affaire, hein, la promo... Si vous arrivez à foutre votre caca, à traîner dans la boue une famille en vue et un nom qui signifie quelque chose dans la communauté, vous aurez enfin droit à un entrefilet dans le *Globe*... Mais ça va vous retomber sur la gueule, Morrington, et méfiez-vous, la merde, même sa propre merde, ça pue toujours !

Il sortit en claquant la porte vitrée du bureau.

Douglas se laissa aller à quelques secondes de profond contentement... Puis un doute un peu vague le tira de la litanie de compliments qu'il s'adressait. La sortie d'Edward sentait admirablement la bonne grosse colère virile. Seulement, ça ne cadrait pas tellement avec le personnage. Il eût été si simple — et surtout beaucoup plus efficace — d'envoyer promener Douglas avec une courtoisie glaciale ; bien sûr, celle-ci n'aurait pas permis de partir en claquant la porte, mettant ainsi un terme à une conversation où finalement on avait fait savoir ce qu'on avait envie de faire savoir.

Douglas sombra dans une humeur de dogue.

# 8

Le feu passa au vert sans qu'il s'en aperçoive. Il s'offrait une de ces descentes en lui-même qu'il redoutait habituellement, et avait jusqu'ici réussi tant bien que mal à proscrire.

Des automobilistes hargneux, qui se voulaient à la hauteur de leur exécrable réputation dans le pays, klaxonnèrent, et il se rangea sur le trottoir. Il ne servait plus de lutter contre ce déferlement de souvenirs. La Mémoire se rappelait à lui avec obstination, et il lui faudrait pour une fois la subir.

Edward laissa aller sa tête sur le dossier et ferma les yeux.

Rien, pas de chagrin, pas de regret. Sa mère venait de mourir, assassinée, et rien ne subsistait, probablement parce que rien n'avait existé... Et s'il avait quand même un immense chagrin, c'était de ce manque, mais surtout pas d'elle. Pourtant, il était presque certain que si elle avait un jour aimé quelqu'un, c'était sûrement lui. Il avait été le bon fils qui se refusait à vieillir pour qu'elle demeurât jeune. Il l'avait écoutée, consolée, dorlotée, la défendant même dans des croisades qu'il choisissait avec soin pour qu'elles ne portent pas à conséquence, comme le choix d'une couleur de tenture ou celui d'un hôtel pour le week-end.

Finalement, il ne l'avait jamais aimée, mieux, il lui en avait voulu d'être parvenue à exacerber chez lui cette versatilité, cette insaisissabilité presque caractérielle qu'il maîtrisait si bien qu'il finissait par s'y perdre lui-même. À force de ne laisser aucune prise à sa mère, de la ravir parce qu'il n'était jamais où elle l'attendait, il s'était un peu égaré.

Il avait trouvé pour la vaincre le moyen inverse de Gayle-Ann. Mais sa sœur avait toujours été plus forte que lui, peut-être parce qu'elle était femme. Elle savait admirablement faire front passivement, et son invraisemblable inertie ne laissait aucune prise à Tricia. C'était un bloc immuable, qu'on pouvait contourner pour s'apercevoir ensuite qu'on était revenu au point de départ sans en avoir rien changé. Lui n'avait jamais su faire cela, et avait donc ménagé une multitude d'accès à sa mère, mais des accès qui ne menaient à rien. Étant assez sotte en dépit de sa ruse instinctive, elle l'avait cru dompté, et l'avait aimé parce qu'elle le méprisait un peu.

Les parades inflexibles de Gayle-Ann terrorisaient Tricia, mais Gayle-Ann était aussi un peu un monstre. Edward l'adorait sans pourtant comprendre exactement ce qu'il adorait. Durant des années, il avait été convaincu qu'elle, comme les autres, finirait par céder... Mais elle n'avait jamais cédé.

L'image de Mélanie s'imposa à Edward. Cette rencontre avait fait basculer sa vie, sans qu'elle en fût vraiment la raison. Parce qu'elle était vulnérable, il s'était contraint à la force, simplement parce que ce sont les situations qui génèrent les comportements.

Sans qu'il fût besoin de rien expliquer ou de rien exiger, elle attendait tout naturellement de lui qu'il la protégeât. Peut-être Edward aurait-il fui si la chose avait été formulée, mais elle procédait, pour Mélanie, d'un monde d'évidences. Elle était violente et brouillonne par essence, et Edward calculateur et précis par habitude. Mélanie attendait de lui des énervements anecdotiques contre Tricia, pour des détails presque protocolaires, comme si l'essentiel se limitait à régler les explosions vipérines et parfaitement inconséquentes de Tricia ; Edward connaissait trop sa mère et Mélanie pour se laisser piéger dans ces règlements de compte futiles.

L'important n'était pas là, mais Mélanie mit du temps à le comprendre... L'important consistait à savoir quand exactement Tricia trouverait le véritable point sensible. Après avoir tâtonné, lancé des sondes au hasard, sa curiosité de petit prédateur obtus finissait toujours par débusquer une proie, et il fallait suivre les méandres du petit cerveau vicieux pour être là à ce moment précis. Il fallait alors avoir amassé suffisamment d'armes pour lui donner le goût de la peur, sans surtout qu'elle comprît où se trouvait l'obstacle.

Il rouvrit les yeux et sourit : finalement, elle allait lui manquer.

# 9

Charles avait décidé de dissiper l'humeur maussade de son compagnon — parce que dans sa jolie petite tête féline, il ne s'agissait sûrement pas d'un maître.

Elle commença de s'étirer sur la table avec une grâce calculée, relevant juste assez le cou pour lui permettre d'apprécier ses langoureux clignements de paupières. La rigidité très puritaine de Douglas s'étonnait de ce que certains propriétaires de chat tolérassent la présence intéressée de leur petit fauve sur la table, au moment des repas. Il y voyait une forme de laisser-aller privé qu'il supportait encore moins que les relâchements publics, une manie de célibataire, comme les vieilles robes de chambre tachées. Douglas était inlassablement exigeant sur sa tenue, et sur le respect dû à un certain décorum, surtout lorsqu'il était seul... Peut-être pour se faire croire qu'il s'agissait bien d'un choix, et qu'il ne s'ennuyait jamais. Charles l'avait parfaitement compris. Elle l'avait apprivoisé durant de longues semaines, avec obstination mais aussi avec charme. Ses stratagèmes avaient été enfin récompensés par la permission de s'asseoir à côté de l'assiette de Douglas. Elle avait procédé par petites touches élégantes, ne se risquant à avancer la patte que lorsqu'elle l'avait su complètement conquis.

Elle jouait les grands fauves, le guettant entre la

frange de ses cils gris-bleu. Comprenant qu'il allait encore plus mal ce soir-là qu'elle ne l'avait d'abord pensé, elle opta pour la tactique des cas désespérés. Elle s'assit, très droite, les deux pattes parfaitement alignées et enroulées de sa queue. Un profond ronronnement de gorge le rappela à l'ordre. Il finit par sourire, et avança la main pour la caresser. Elle savait qu'il était enfin à elle, mais n'abandonna pas cette guerre de séduction dont il ne comprendrait jamais qu'elle n'est pas plus instinctive chez les chats que chez les femmes, mais qu'elle naît au contraire d'une parfaite conscience des vides de l'autre. Elle tendit son petit menton prognathe, et sa tête minuscule se lova avec un abandon savamment dosé dans la main large de l'homme. Elle était satisfaite de cette nouvelle victoire, et de s'être si bien maîtrisée pour ne pas avancer la patte vers son assiette.

Le ronronnement de Charles s'amplifia, et Douglas se demanda avec émerveillement comment un si petit chat pouvait produire un son de cette puissance.

## 10

Samuel Bernstein se réveilla doucement, quittant l'inconscience par paliers, une main sur le sexe de Gayle-Ann. Ce n'était pas un geste sensuel, mais un geste de propriétaire qu'il se forçait à oser parce qu'il le rassurait, comme un symbole arraché avec préméditation à soi-même. Il n'arrivait même plus à savoir s'il était vraiment amoureux de Gayle-Ann... Peut-être le redeviendrait-il plus tard, lorsqu'il aurait dépassé cette effroyable envie, ce besoin douloureux qu'elle fût là, toujours. Être amoureux, ce devait être un acte volontaire, et cette dépendance d'elle qu'il s'était forgée et qu'elle ignorait sûrement n'avait rien à voir avec cela. Elle était comme un tableau ou comme un bruit, elle « était ». Il lui tendait des pièges dérisoires pour se donner l'impression qu'il la cernait, la savait, la possédait peut-être ?

La désinvolture gentiment indifférente de Gayle-Ann l'avait fasciné, lui pour qui tout était tragiquement important et angoissant, lui qui se nourrissait de ses peurs. L'exaspérante tendance de sa femme à se trouver du côté des réponses lorsqu'il s'acharnait encore à reformuler les questions l'avait tout d'abord consterné, puis l'avait soulagé de tout un fatras d'obligations dont l'artifice peuplait les quelques heures de sommeil qu'il s'octroyait. Même les bourrasques de colère et de rage qui le secouaient parfois venaient mourir sur ce calme dont elle protégeait leur monde. Elle avait fini par le baptiser le Don Quichotte des supermarchés, et avait intuitivement compris que cet appétit de justice et d'honnêteté qui le déchirait parfois n'était en réalité qu'une façon d'ordonner ses terreurs et les souvenirs de ses défaites.

Il se leva sans bruit, de peur de l'éveiller, parce qu'il se délectait de cette extraordinaire fatigue qui lui tombait dessus lorsqu'elle dormait encore, et qui lui semblait un sacrifice digne d'elle. Parce qu'enfin elle était fragile et toute petite, lovée dans la tiédeur de la couette, et qu'il devenait fort et imbattable.

Samuel se prépara et sortit. Une fois dehors, il hésita. Il était déjà en retard : Douglas Morrington Jr l'attendait à 9 heures. Il regarda son merveilleux jouet vert bronze garé devant leur porte, puis se décida pour un copieux petit déjeuner de bagels et de crème et entra chez *Sabatino's,* le délicatessen italo-hongrois de Mass Avenue. Il s'affala sur l'une des banquettes bordeaux et attendit que Sabatino vînt prendre sa commande, mais aussi des nouvelles de Gayle-Ann et du bébé qui n'était pas encore « en route ». Ce dernier point fascinait Sabatino, et Samuel aimait bien ces échanges de banalités sur les enfants, parce que pour quelques instants, sa passion pour sa femme devenait presque sociale.

Mais Gayle-Ann n'avait jamais abordé la question. Quant à lui, si la fabrication de descendants lui était toujours apparue comme une marque incontournable du mariage, tout avait changé depuis elle. Il l'aimait trop fort, trop totalement, bref, trop, pour laisser un peu de place à quelque chose dont il faudrait qu'elle s'occupe et qui n'était pas vraiment lui. Mais, cela, il n'était pas question de l'expliquer à Sabatino, ni même à qui que ce soit.

Son regard se posa pour la millième fois sur le cœur gravé qui défigurait la jolie table brute sur laquelle Sabatino venait de poser son double-expresso... Comme s'il avait été fondamental que l'humanité sût qu'à un moment quelconque Tony avait aimé pour toujours Rosa, en débordant d'une flèche mal taillée...

Et allait-elle l'aimer toujours, ou se lasserait-elle ? La trahison n'est-elle pas toujours une rançon de soi-même ?

Il papota avec Sabatino, s'enquit de la santé de sa femme Rosario, et reçut la même réponse que chaque matin, à savoir que le temps la faisait souffrir dans les articulations, puis il sortit.

Il avait trois quarts d'heure de retard... C'était précisement l'évaluation qu'il faisait de Douglas Morrington Jr.

# 11

Douglas avait parfaitement compris que ce retard était volontaire. Il l'avait même prévu. Pourtant, le sourire ingénu et comme étonné dont il gratifia Samuel à son arrivée lui coûta une fabuleuse décharge d'adrénaline.

— Excusez-moi, je crois bien être un peu en retard...

— Mais non, pas du tout, c'est moi qui abuse de vous sortir du lit un dimanche matin.

Parce que, mon pote, je peux te convoquer quand bon me semble, et même un dimanche matin, et tout chef de clinique que tu es, tu dois quand même venir...

— Edward m'a téléphoné, et raconté votre... entretien.

— Oui, je crois qu'il a assez mal supporté l'idée que sa mère ait pu être assassinée...

— Avouez que ça ne cadre pas très bien avec le genre d'existence que privilégient les Barton-Smithtown.

Douglas ne s'attendait pas à ce genre de repartie acérée, car enfin... il avait l'air d'un gros batracien, mollement échoué dans un fauteuil trop étroit... non, plutôt d'une langouste. L'économie des phrases de Samuel le bousculait. Il envisageait une joute verbale, où chacun aurait tenté de noyer le poisson de l'autre, et tombait sur la syntaxe minimale du monsieur pressé. Et puis et surtout, Douglas aurait adoré qu'il use d'arguments pseudo-médicaux pour soutenir la thèse du suicide, ce qui lui aurait laissé le loisir de lui balancer le rapport d'autopsie sous le nez.

Au lieu de cela, Samuel l'écoutait, attendant patiemment des détails.

— Les entailles des poignets de Mrs Barton-Smithtown ont été faites avec la même pression, alors qu'elle était droitière... Voyez-vous, ça fait mal, de se trancher les veines, et l'entaille du bras gauche devrait être beaucoup plus profonde que celle du bras droit...

— En plus de quoi, on ne meurt pas en se tranchant simplement les veines...

— Ah, vous savez...

— Il m'arrive quelquefois d'être médecin... Du reste je l'ai expliqué à Edward, après avoir raccompagné Roxanna...

— Oui... ?

— Non, rien.

— Voyez-vous, Dr Bernstein, ce qui nous a le plus étonné, c'est que Mrs Barton-Smithtown était une véritable pharmacie ambulante... (Comme Samuel l'écoutait très poliment, il continua :) L'analyse de sang a révélé la présence de...

Il fit semblant de rechercher le dossier, comme s'il ne connaissait pas par cœur la prose sèche du légiste. Samuel inclina légèrement la tête sur le côté, comme pour lui montrer qu'il suivait toujours, et la mort dans l'âme, Douglas enchaîna :

— ... d'œstrogènes de synthèse, de barbituriques et d'une dose anormalement élevée d'aspirine, outre une série de cicatrices de points d'injection sur les chevilles et le cuir chevelu.

— Ah...

L'éternel sourire de Samuel venait de disparaître brusquement, ce qui rendit le sien à Douglas.

— Ça a l'air de vous ennuyer ?

— Je crois que je ferais mieux de tout vous expliquer. De toute façon, il vous serait facile de le découvrir.

Douglas s'efforça au calme.

— J'administrais des injections bi-hebdomadaires d'œstrogènes et de vitamine B6 à ma belle-mère. Tricia était absolument paniquée par la vieillesse, et on ne peut pas dire qu'elle prenait la ménopause avec légèreté, d'autant qu'elle commençait à perdre ses cheveux... D'où les traces d'injection dans le cuir chevelu. Elle voulait conserver un semblant de règles pour que Georges, mon beau-père, ne s'aperçoive de rien. Réaction beaucoup plus classique qu'on ne le croit chez les femmes de cette génération.

— Et à quand remonte la dernière injection ?

Surtout, ne pas le laisser reprendre pied sur le terrain familier de la technicité.

— Le matin du jour où elle est... Enfin, morte.

— Et le reste ?

— Ah, ça, je ne sais pas... Enfin, si d'ailleurs, puisque c'est moi qui lui prescrivais les barbituriques. Elle était assez nerveuse et en prenait pour dormir.

— Et l'acide salicylique ?

— Ça, mon cher, c'est en vente libre, et il suffit de faire quatre drugstores pour tuer toute une famille.

Samuel se renfonça dans son fauteuil, satisfait d'avoir éclairci certains points, un peu comme si l'incident était clos. Douglas, lui, n'allait pas laisser passer cette chance de coincer ce prétentieux, et il entendait tirer le maximum de ce qu'il prenait pour une arme.

— Dites-moi, ça doit drôlement vous ennuyer, non ?

— Quoi donc ? Qu'elle se soit suicidée avec les barbituriques que j'avais prescrits ?

— Elle ne s'est pas suicidée...

— Non, mais de toute façon, c'est la même chose. Croyez-vous réellement que Monsieur Chrysler soit responsable de tous les tarés qui se tuent au volant de ses voitures en grillant un feu rouge ?

— Un peu facile...

— Mais non, et vous le savez. Par ailleurs, quelque chose me gêne dans votre attitude : on dirait que vous cherchez à régler des comptes personnels. S'il s'agit bien d'un meurtre, ne serait-il pas plus efficace que vous recherchiez le meurtrier, plutôt que de tenter de me culpabiliser sur la mort de Tricia... À moins, bien sûr, que je ne sois le meurtrier. En ce cas, il faudra le prouver, et je ne crois pas que vous en preniez le chemin.

— Peut-être...

Douglas avait parlé d'un ton suffisamment vague pour faire croire le contraire, mais cette espèce de langouste disgracieuse avait raison.

Il essayait de faire croire qu'il avait le pouvoir, bien que petit flic de quartier. Cela, il n'y avait plus que Daisy pour le gober. Même s'il était parvenu à effrayer Samuel, aurait-il pour autant réglé ses comptes, et endigué ce flot de fiel accumulé durant des années, dont il était assez intelligent pour savoir qu'il n'était que le digne produit de sa paresse et de ses approximations ?

— Dr Bernstein, où étiez-vous vendredi dernier dans l'après-midi ? Pas à l'hôpital, j'ai vérifié.

Samuel le remercia d'un sourire très clair pour n'avoir pas pensé que s'il devait mentir il le ferait sottement.

— Ah, enfin. Eh bien, j'étais avec mon beau-frère, qui du même coup a le même alibi que moi, puisque c'est de cela dont nous parlons, n'est-ce pas ?

— En effet.

— Quand votre médecin légiste a-t-il fixé l'heure du décès ?

— Entre 17 heures et 18 h 30.

Comme à regret il ajouta, sûr que Samuel y pensait :

— L'estimation ne pouvait qu'être approximative.

Il faisait très chaud dans la chambre, mais par ailleurs l'aspirine et les barbituriques agissent sur la température corporelle.

— Pas de chance...

Douglas tenta de percevoir une certaine ironie dans cette réplique, sans toutefois être assez malhonnête pour s'en convaincre tout à fait.

— Roxanna étant arrivée à 18 heures...

— 18 h 10, elle était en retard.

— Ah, elle aussi, ponctua Samuel avec un sourire.

— Bref, vous étiez avec votre beau-frère.

— Oui. Comme on a dû également vous le dire à l'hôpital, Edward est venu me prendre vers 13 heures pour aller déjeuner. Nous sommes allés à *Durgin-Park,* dans Fanieul Hall, et nous nous sommes installés au bar à huîtres... Il vous sera facile de le vérifier. Nous sommes ensuite allés chercher la veste chez « Jordan March », mais elle n'était pas prête...

— La veste ?...

— Ah, oui... Nous nous étions réunis pour offrir une veste en renard à Tricia, pour son anniversaire... Les filles, je veux dire ma femme et Mélanie, n'étaient pas libres et nous avons donc écopé de la corvée. Nous avions fait faire une veste sur mesure, bien sûr, et elle devait être prête dans l'après-midi, mais, ainsi que je vous le disais, lorsque nous sommes arrivés, la doublure n'était pas encore posée. Edward, qui fait une fixation sur la danseuse qui double l'actrice dans *Flashdance,* m'a traîné revoir le film en attendant.

— Quel cinéma ?

Samuel eut un petit sourire narquois ; en dépit de toutes les précautions verbales du début de l'entretien, il s'agissait bien d'un interrogatoire.

— Le *Paramount,* dans Washington Street, juste en face de « Jordan March ». Nous sommes arrivés en retard et l'ouvreuse a fait toute une histoire parce que le film était déjà commencé et que nous allions déranger la salle. Edward lui a fait un peu de gringue, comme d'habitude, elle a fini par céder et nous laisser entrer.

— On ne peut plus opportun : elle risque de se souvenir de vous...

Samuel le dévisagea enfin comme s'il était autre chose qu'un quelconque bipède. Ce regard dérangea Douglas, parce qu'il l'émut comme un compliment. Il s'en voulut de laisser troubler sa hargne si confortable, et de se mettre à nouveau dans les culottes courtes d'un petit garçon avide de l'appréciation d'un maître. Douglas était conscient qu'il créait de toutes pièces son propre sentiment d'infériorité, et qu'il risquait ainsi de négliger de petits détails sans éclat, mais qui permettent parfois de dénouer les nœuds ficelés par d'autres.

— Je continue ?

— Mais je vous en prie.

— Bref, nous avons assisté aux prouesses de cette jeune femme, très convaincantes, et nous sommes retournés chez « Jordan March ».

— À quelle heure ?

— Oh, vers 18 heures...

— Je vois, et le temps de faire le paquet et du gringue à la vendeuse, il devait être 18 h 30 ?

— On ne peut rien vous cacher... Écoutez, je sais que je vous suis particulièrement antipathique, même si je ne comprends pas très bien comment on peut prendre en grippe quelqu'un qu'on a entrevu à peine quelques minutes... Mais de toute façon, la chose me laisse parfaitement indifférent. Il me semble seulement qu'un policier, comme un médecin, doit abandonner ses inimitiés et ses sympathies au vestiaire, avant d'entrer dans son bureau. Si vous saviez le nombre de diagnostics erronés posés en réponse aux sensations et aux intuitions...

Il avait dit cela si gentiment que Douglas lutta contre une folle envie d'aplatir davantage le visage potelé. Convaincu que cela ne résoudrait rien, et qu'il risquait d'y perdre beaucoup, il se maîtrisa. Bernstein était un admirable funambule, insultant sans être jamais grossier, écrasant sans en avoir l'air conscient... Et s'il avait été simplement gentil ? Douglas écarta l'hypothèse parce qu'elle ne correspondait pas à son humeur.

— Eh bien, docteur, je vous remercie, nous vérifierons. Pour la forme, bien sûr... Je suis certain que tout cela est parfaitement... précis.

Samuel se leva lentement, et Douglas ajouta, comme s'il venait d'y penser :

— Mais dites-moi... Votre père est fourreur, non ?

— Oui...

Samuel attendit, un sourire un peu indécis aux lèvres ; il avait compris.

— Pourquoi cet acharnement à choisir une veste de chez « Jordan March » ? Il eût été plus facile et plus économique de la demander à votre père, non ? D'autant qu'il aurait, j'en suis sûr, choisi la plus belle qualité.

— Oh, inspecteur, parler d'acharnement en matière de veste me semble exagéré... Voyez-vous, ma belle-mère était un rien snob. L'idée qu'on ait pu faire faire son cadeau au rabais, la privant ainsi du plaisir de laisser deviner la griffe cousue sur la doublure, l'eût frustrée, j'en suis convaincu.

— Hum... Je vois... Eh bien, je ne vous retiens plus. Merci de vous être déplacé.

Samuel se dirigea vers la porte, d'une démarche pesante mais étonnamment gracieuse.

— Dr Bernstein...

Il se retourna, toujours avec ce même petit sourire au coin des lèvres, dont Douglas voulait se convaincre qu'il était ironique alors qu'il s'agissait seulement du sourire vague et peu compromettant qu'adresse sempiternellement un médecin à ses patients, qu'ils viennent le consulter pour un furoncle à la fesse ou un cancer en phase terminale.

— Je vous trouve bien désinvolte... Après tout, il s'agit quand même de votre belle-mère...

Samuel le détailla de la tête aux pieds avec une infinie lassitude et répondit :

— Oh, vous savez, nos rapports étaient à peine courtois. Elle ne m'aimait pas et je le lui rendais... Quant à la désinvolture, inspecteur, c'est une de ces notions que je n'ai jamais bien comprises, et que je laisse à ceux qui n'ont jamais douté.

... Le petit homme roux disparaît presque entièrement sous des monceaux de *schmatès*. Les manches de sa vieille chemise de travail sont relevées sur ses avant-bras constellés de taches de rousseur quasi marron et recouverts d'une toison carotte qui descend jusqu'aux phalanges... Il parle lentement parce qu'il ne maîtrise pas encore très bien les pronoms de cette langue, et qu'il a décidé d'oublier le polonais et même le yiddish, ce sont des langues de douleur. Il parle en repêchant dans une vieille cuvette en émail les pattes d'astrakan qui y trempent. Il les cloue minutieusement une à une sur une énorme planche de chêne, pour qu'elles « donnent ». Il raconte la Pologne, la fourrure, la fille qu'il devait épouser mais qui était la fille du rabbin et lui, il n'était qu'arpète chez un artisan du ghetto. Samuel a cinq ans, dix ans, vingt ans et il écoute, parce que la voix du petit rouquin noueux chante les mots, même lorsqu'ils le font encore pleurer.

— Si tu ne veux pas être un schmok comme ton père, mon fils, ne fais jamais cette saloperie...

Il balaye d'un revers de main les petits tas de pattes patiemment réunis en fonction de leur nuance, ou des boucles plus ou moins resserrées de leurs poils.

— ... gagne de l'argent, c'est la seule façon d'avoir la paix.

Lorsque le petit garçon lui raconte en larmes qu'on s'est moqué de lui à l'école parce qu'il porte des bretelles et que ce n'est plus la mode, le petit homme roux se penche et lui dit en souriant :

— Oh, mais les histoires de bretelles, ça n'est pas

grave, au moins comme ça, tu sais que tu as un pantalon. Tu sais, quand les gamins goys de Kalish nous piquaient aux alentours du gettho, ils choisissaient le plus petit, moi en général, et ils le rouaient de coups, le couchaient par terre et lui pinçaient les narines jusqu'à ce qu'il soit forcé d'ouvrir la bouche. Alors, soit ils crachaient dedans, soit ils lui pissaient dessus à tour de rôle. Et tu crois qu'on meurt de honte ? Il n'était pas question de se plaindre, on était des juifs, du gouvno, quoi. Alors, on allait voir le rabbin et on lui racontait et lui nous disait que l'homme fort grandit dans l'injure... C'est de la connerie, mais remarque que ça nous a peut-être calmés, parce qu'après tout, ça n'aurait servi à rien de se rebiffer. Tu vois bien que ce n'est rien, les bretelles. Dans ce pays, c'est juste tes bretelles qui les font rire, ça n'est pas toi... Dans ce pays, mon fils, tout le monde a le droit de respirer et de travailler.

» Qu'est-ce qui est donc à la mode ? On va te l'acheter... Il ne faut jamais être malheureux pour une paire de bretelles.

Les rides du petit homme roux sont comme dessinées au crayon noir. C'est étrange, ce masque surligné à même la peau, si pâle et qui rougit à la moindre émotion. Il se passe la main sur le front pour s'essuyer et les rides se désagrègent en petits poils noirs frisés d'astrakan, coagulés de sueur...

## 12

Douglas s'étira. Il avait encore passé une de ces nuits où l'on se court après en priant le ciel de ne surtout jamais se rattraper parce qu'il y a parfois des confrontations qu'il vaut mieux éviter.

Il se leva de son bureau, s'interdisant une fois de plus de disséquer la dernière phrase de Bernstein... Ne pas se laisser piéger par une espèce de connivence intellectuelle, ne pas tenter de comprendre l'autre, mais le soupeser comme un fait ou une anecdote. Ce cher docteur faisait partie des suspects potentiels, et c'était même l'un des favoris de Douglas. Il enclencha le petit bouton rouge de son interphone et minauda :

— Daisy est là ? Oui, monte ma poulette, c'est ton Douglas.

La plaisanterie cent fois répétée faisait toujours glousser en Bas, au poste, et déprimait Bo-Daisy parce qu'elle avait mis un terme à l'histoire de leur déjeuner, qu'il avait espéré pouvoir raconter en la corsant un peu, histoire de ridiculiser le beau brun du Haut. Le Bas, c'était la flicaille, et le Haut, les inspecteurs, ce qu'on espérait être un concentrat de matière grise en ébullition. Douglas avait été suffisamment courtois et distant à ses débuts pour passer au travers de la hargne jalouse qui secouait le Bas par bourrasques, notamment lorsqu'on s'y demandait sur quoi était fondée cette discrimination topographique.

Sitôt après leur déjeuner raté à *Legal Sea Food,* Douglas s'était empressé de raconter l'histoire à sa manière, pour couper l'herbe sous le gros pied de Daisy. Il y avait mis juste assez d'humour, de méchanceté et de fausse incompréhension pour la retourner complètement.

C'était tout simple : il s'était fait un devoir d'inviter la dernière recrue, sur ses propres deniers, s'il vous plaît, pour lui parler un peu de la vie du poste, de la camaraderie profonde qui unissait les gars, même si les engueulades ne manquaient pas, ici, comme ailleurs. Bref, il avait été gentil et s'était décarcassé pour faire un peu parler Bo. Rendez-vous compte que ce type, pourtant viril, avait cru qu'il lui faisait des avances... (ici, gloussement mal réprimé, mais cependant parfaitement audible)... Parce que tu vois, mon vieux, même si j'en étais, Bo, ça ne serait pas vraiment mon truc... (Là, gloussement de tout le poste, dont vraiment ça n'était pas le truc non plus). Enfin bref, ce qui l'avait étonné, ce bon vieux Douglas, dans l'histoire, c'était l'insistance de Bo, qui avait vraiment envie de croire qu'il lui faisait du gringue... Bizarre, non ? Bon, il ne pouvait rien affirmer parce qu'après tout il ne connaissait pas suffisamment Daisy, et qu'a priori c'était le dernier mec dont on puisse croire ce genre de truc, mais quand même, c'était pas clair... Et tous les gars du Bas, ravis qu'on les consultât sur le délicat problème de la psychologie du flic moyen, d'opiner de la casquette.

Bo-Daisy était rentré quelques heures plus tard, assez satisfait de l'histoire qu'il avait eu le temps de peaufiner, mais les regards qui avaient accompagné son entrée l'avaient troublé, non pas qu'ils fussent haineux ou méprisants, parce qu'un bon flic c'est un bon flic, surtout si c'est un bon camarade, et cela quoi qu'il fasse en privé, non, juste des regards interrogateurs. Il n'avait quand même pas pu s'empêcher de sortir sa petite anectode, mais les quelques sourires crispés qu'il avait recueillis alors qu'il s'attendait à une franche rigolade lui avaient fait comprendre que quelque chose avait dérapé.

Simpson, le planton derrière sa guérite, avait lancé, un peu gêné :

— Oh ça, tu sais, chacun voit midi à sa porte...

Et là, Bo avait compris qu'il venait de marcher dans quelque chose qui ne sentait pas la lavande.

Assez étrangement, lorsqu'il eut reconstitué tout le puzzle, il n'en voulut pas à Douglas Morrington Jr... Au contraire. Il lui en avait presque su gré d'avoir été le plus fort, et de l'avoir battu à son propre jeu. Bo-Daisy aimait la puissance et la respectait. Après tout, Morrington était son supérieur hiérarchique, et qu'il fût plus intelligent que lui était dans la logique des choses. S'il l'avait encore voulu, Douglas aurait pu trouver à ce moment l'indéfectible amitié virile qu'il avait tant cherchée. Mais il était trop tard. Bo lui avait gâché son luxe, ce qui était impardonnable.

Bo Brown s'échoua dans le fauteuil qui faisait face au bureau de Douglas.

— Salut, Daisy. Le Dr Bernstein sort d'ici. Il paraît que lui et son beau-frère ont assisté à la séance de 14 h 30 au *Paramount* de Washington Street. On y jouait *Flashdance.* Une des ouvreuses doit se souvenir d'eux, puisque le petit Barton-Smithtown lui a très à propos fait du gringue. Tu fonces me vérifier ça et tu rappliques ensuite au galop... On ira rendre une visite de courtoisie à ce cher Georges.

Bo ne commenta pas, ni ne demanda aucune précision. Douglas resta seul quelques instants, se demandant s'il n'aurait pas dû lui conseiller de ne pas trop secouer la fille... Oh, et puis après tout, rien à foutre... Par contre, Douglas et son charme ravageur se réservaient la vendeuse de la veste, parce que le rayon fourrure de « Jordan March » faisait appel à une tout autre approche.

Le rayon « Prestige » se trouvait au quatrième, et Douglas préféra les escaliers à l'ascenseur pour pouvoir flâner dans les petites boutiques de luxe qui se réservaient le deuxième et le troisième étages. Plus le client pesait lourd en cartes de crédit, plus il montait... Jolie métaphore de l'ascension sociale.

Il retourna d'un air désabusé les pulls sport de Ralph Lauren, sport mais chics, tâta l'étoffe des designer's jeans de ce bon Calvin et essaya même un trench Burberry's. Il le reposa à regret, mais sans aigreur : celui-là, il se le paierait un jour. Finalement, c'était aussi bien qu'il existe des choses qui font envie et auxquelles il faut longuement penser avant de pouvoir se les offrir. Il ne paraissait pas injuste à Douglas que ce type entre deux âges, là-bas, achète quatre cravates à cent cinquante dollars pièce, simplement parce qu'il n'arrivait pas à se décider sur la couleur. Non, il le plaignait presque parce qu'il n'avait même plus conscience du prix de ces petits filets de soie qu'il porterait autour du cou. Il s'offrait le paquet comme Douglas achetait ses caleçons chez *Friendly Family :* les cinq pour dix dollars.

Alors que pour Douglas, le trench qu'il venait de reposer se parait de toute la délectation masochiste d'un grand désir. Lorsqu'il le consommerait enfin en se l'offrant, il se souviendrait des mois durant de cette attente et de cet instant de plaisir violent qui aboutissait à quelques secondes de consécration : le moment où il alignerait d'un air faussement las les cinq cents dollars de son imperméable devant une charmante vendeuse parfaitement désabusée.

Il parvint enfin, déjà, à son but. L'étage était admirablement climatisé, suffisamment frais pour préserver l'éclat des centaines de manteaux de fourrure exposés et donner envie aux clientes potentielles d'en jeter un sur leurs épaules frissonnantes.

Il régnait un silence à peine blessé par une discrète musique de chambre, et l'odeur fraîche et légère qui se laissait deviner faisait oublier que des agonies de bêtes dépecées pendaient aux cintres. Douglas se demanda ce que pensait le petit Yorkshire frémissant qu'une dame drapée dans sept ou huit marmottes tenait nerveusement dans ses bras.

— Monsieur, puis-je vous aider, ou préférez-vous...

Elle était ravissante, vêtue comme pour un vernissage de Newberry Street. L'épaisse moquette qui tapissait les murs et le sol avait dissous les bruits de son approche. Douglas était chic, et elle lui adressait donc la parole avec une courtoise sollicitude. Il lui montra sa carte, qu'elle déchiffra le sourcil très élégamment crispé. Il se décrispa enfin : le poste de Beacon Hill, ça n'était tout de même pas la même chose qu'un flic de Piedmond Street.

— Bonjour, miss. Je cherche une jeune femme qui aurait vendu une veste en renard faite sur mesure... Vendredi dernier, je crois.

— Oui, attendez-moi, je vais me renseigner.

Elle revint quelques minutes plus tard escortée d'une copie conforme.

— Voici Stephany, c'est elle qui a fait la vente.

En réalité, Stephany devait s'appeler Marjorie ou Windy, mais elle était quand même très jolie.

— Je crois, miss, que vous avez vendu, vendredi dernier, une veste de renard à deux messieurs et...

— Non, c'est une dame qui l'avait achetée... Il y a huit jours à peu près... Une jeune femme rousse. Je m'en souviens très bien parce que je lui ai conseillé le renard roux... Il va si bien aux rousses. Elle m'a expliqué qu'il s'agissait en fait d'un cadeau pour sa belle-mère, dont elle m'a donné les mesures. Elle a dit qu'elle repasserait la prendre le vendredi suivant vers 18 heures et a réglé l'achat.

— Mais ce sont bien deux messieurs qui sont passés ensuite, non ?

— Absolument. J'ai bien sûr vérifié qu'ils avaient le bon de commande. Il a dû y avoir un quiproquo... Ils avaient l'air très embêtés, parce que ce n'était pas prêt, mais il était à peine 14 heures, et nous l'avions promis pour 18 heures. « Jordan March » est un magasin très sérieux et...

— Mais ils sont revenus, n'est-ce pas ?

— Oui, vers 18 heures, peut-être même un peu plus tard... Et la veste était bien sûr prête.

— Je vous remercie, miss, vous avez été d'un grand secours.

Sans savoir exactement pourquoi, elle fut ravie d'avoir pu aider un homme aussi charmant.

Douglas ne fut pas déçu de constater que Samuel avait dit la vérité. Il n'avait contrôlé que par habitude, certain que s'il existait une faille, elle devait être plus subtile qu'un grossier mensonge à l'alibi.

Il rentra tranquillement au poste pour y trouver Daisy, qui « avait repêché la nana du cinoche ». Ouais, elle avait bien discuté avec deux types qui étaient arrivés en retard, même qu'un des deux, un blond, était super sympa, quant à l'autre, elle ne s'en souvenait pas bien. Elle avait fini par les laisser entrer parce que le blond était un marrant. Il devait être 14 h 45, puisque la séance était commencée. Et en plus, elle les avait vus ressortir vers 18 heures et même que le blond lui avait fait un petit signe. Et Bo de conclure, suave :

— Bref, ils se sont vachement bien démerdés. Y'a des mecs qu'ont de la chance...

Que cette espèce d'amoncellement de muscles à front bas parvienne aux mêmes conclusions que lui sidérait toujours Douglas.

— ... Mais je suis allé faire un petit tour aux chiottes. Juste derrière la porte pare-feu, il y a une issue de secours. Bien sûr, elle ne s'ouvre pas de l'extérieur, mais l'un des deux gars a pu sortir pendant que l'autre l'attendait, où bien alors, ils ont trouvé un système pour la bloquer. Combien de temps il faut pour aller de Washington Street à Garden Street ? En gros, vingt minutes, et le plus court c'est encore d'y aller en métro. Ils ont donc eu largement le temps, entre, disons 15 heures et 17 h 30.

— Pas mal, pâquerette...

Daisy ronronna de plaisir. Finalement, il l'aimait bien, Douglas... Un peu pimbêche, peut-être, mais il savait reconnaître un bon coup quand il en voyait un.

— Bon, si nous allions rendre visite à ce cher Mr Barton-Smithtown père, demain ?

— Ouais... Quand est-ce qu'ils enterrent les bouts de la mère Barton ?

Douglas répondit qu'il n'en savait rien, pas même choqué par cette dénomination qui faisait partie intégrante du folklore.

# 13

*La douleur recédait par vagues, un peu comme un archet qui se romprait fil à fil. À l'apaisement subit et presque angoissant parce qu'il ankylosait ses moindres sensations, un peu comme l'eût fait un morphinique, avait succédé une espèce d'excitation qui confinait à l'hystérie. Ça courait dans les veines, donnait envie de sautiller sur place, de ricaner bêtement, de se lever pour se rasseoir...*

*Jusqu'à avoir peur de sortir ou de téléphoner, puisque à l'évidence cette tension serait perceptible rien qu'à l'intonation de sa voix. Se ressassant pour la vingtième fois la généalogie des circonstances inextricablement mêlées qui avaient abouti à cette sanglante conclusion, sa voix lui était parvenue comme un caquetage suraigu et désordonné.*

*Où donc commence un meurtre ? La première fois qu'on rencontre sa future et inéluctable victime ? Au moment précis où se perpètre le dénouement, ou bien longtemps avant ? Qui, du meurtrier ou du meurtri, porte en lui l'inévitable faille ?*

*Sommes-nous tous des meurtriers en latence, dont une rencontre particulière catalysera la métamorphose, ou des victimes désignées qui n'attendent que cette éphémère relation dont la conclusion est immuable ?*

*Ou pire, n'était-ce vraiment que l'aboutissement d'une série de hasards et de coïncidences que rien n'aurait pu infléchir différemment ?*

*... La fuite de ce sang si rouge qui prolongeait les reflets de son vernis à ongles coquelicot... A-t-elle seulement compris que cette échappée mesurait son temps, un si petit temps dans un si petit volume... Quelle chose extraordinaire que toute cette haine, toute cette peur et toute cette incompétence à contrer sa malveillance puissent en fin de compte se résumer à ces quelques très précieuses et très uniques secondes où une vie cesse.*

*C'était bouleversant et presque grandiose, ce retournement.*

*Tricia avait intuitivement compris, grâce à cette ruse qu'on rencontre souvent chez les femmes très sottes, que son règne pourrait nicher dans la terreur si elle apprenait à la distiller avec art.*

*Peut-être n'aurait-elle jamais rien fait de vraiment précis tant qu'elle aurait pu jouer de l'angoisse de ses victimes. Son pouvoir naissait en réalité de cette incertitude qu'elle savait manier avec brio plutôt que de la brader pour une satisfaction somme toute assez ponctuelle. Elle cajolait, rassurait, assurait de ses bonnes intentions pour brandir à nouveau la menace et s'offrir le plaisir de voir s'effilocher son pantin après l'avoir consolidé.*

*Et il s'en était fallu de si peu pour régler définitivement cette incertitude...*

*Non, surtout ne pas se laisser aller au doute. Ne pas permettre aux regrets, voire même aux remords, de s'insinuer. Rien n'avait été laissé au hasard... L'idée était née presque spontanément, mais il avait fallu tant de précision, presque de tendresse pour la mouler progressivement et lui donner cette espèce de perfection qui la rendait quasiment autonome, garantissant la tranquillité de son exécutant... Car ce n'était plus qu'une exécution, n'est-ce pas ?*

*Tricia ne pouvait être l'objet d'aucun regret.*

# 14

Douglas Morrington se recoiffait soigneusement dans les toilettes du poste. Au début, il s'était toujours attendu à trouver l'endroit constellé de graffiti obscènes, où chacun aurait vanté ses prouesses sexuelles et surenchéri sur la taille ou le diamètre de l'objet de tous les fantasmes... Bref, une chaleureuse ambiance de mecs. Mais non, les murs gardaient leur virginité coquille d'œuf pisseuse. C'était presque dommage. Il avait pris au collège l'habitude de suivre le feuilleton quotidien des vantardises goguenardes ou désespérées de ceux qu'ils appelaient gentiment entre eux les « bitards ». Il avait passé des années à chercher lesquels dans leur petit groupe faisaient partie de cette secte discrète mais étonnamment tenace. Il n'en existait aucun représentant au poste. Après s'en être étonné, il avait fini par comprendre : à force de ramasser des filles défigurées ou des gamines violées au vagin défoncé par quatre ou cinq tordus, aucun des gars n'avait vraiment envie de se vanter de la taille de son « machin », comme disait sa mère d'un ton écœuré. Non, ce qui les amusait encore c'étaient les histoires de soûlographie, les insanités pleines d'imagination que leur hurlait une vieille ivrogne, ou mieux encore les mésaventures qui arrivaient fatalement aux bleus.

Douglas pouffa en se rappelant la panique de Karl dans le métro. Une vieille femme à qui on ne demandait rien était intervenue au cours d'une rafle dans une station en les menaçant de leur montrer « sa chatte ». Joignant le geste à la parole, elle commençait à relever ses jupes. Le pauvre Karl, qui à ses heures perdues distribuait la Bible dans les foyers démunis, avait tenté par tous les moyens de rabattre sa jupe sur ses jambes et les gamins qu'ils essayaient de coincer pour une série de vols de colliers à l'arraché s'étaient fait la malle.

Karl avait bien sûr essayé d'expliquer qu'il ne pouvait pas laisser une dame âgée montrer son... enfin, vous voyez quoi... devant tout le monde, mais il était quand même devenu la mascotte du poste, jusqu'à ce qu'un autre lui vole la vedette.

Douglas se lava les mains en gloussant toujours.

Peut-être devrait-il appeler Priscilla et l'inviter à dîner ce soir ?

Il y avait pas mal de temps qu'il ne l'avait pas vue. Priscilla était devenue une tranquille habitude. Il tenait énormément à cette espèce de complicité qu'ils avaient su créer au lit et à cette tendresse qu'ils partageaient l'un pour l'autre. Elle savait l'écouter et il s'efforçait de se souvenir des petits riens qu'elle lui confiait. Il ne l'aimait pas, bien sûr, et préférait croire qu'elle n'en souffrait pas. Elle lui était précieuse, enfin pas vraiment elle, plutôt cette trêve qu'elle offrait à sa solitude, lorsqu'il oubliait de savoir la supporter.

Il se disait parfois qu'il finirait sa vie avec Priscilla, surtout au comble de ses heures de grande lassitude, mais évitait soigneusement d'évoquer cette possibilité devant elle de peur qu'elle ne croie plus que lui à cette mythique échappatoire.

... Oh, et puis non, il n'appellerait pas... Il allait falloir parler, justifier sa désertion et rassurer, et il avait juste envie d'un câlin, sans avoir besoin de le mériter, d'expliquer pourquoi il n'allait pas si bien, pourquoi il avait par moments l'impression de déraper.

Il se sentirait obligé de lui parler comme si elle

n'était pas là, de décrire pourquoi ce crapaud roux de Bernstein avait subitement pris tant de place dans son esprit, juste à l'endroit où c'était le plus inconfortable. Finalement, il en viendrait même peut-être à avouer à Priscilla qu'ils se ressemblaient tous les deux, sauf sur un point : Bernstein avait décidé de se sortir de l'atelier de son père en regardant vers le Haut, lui s'était contenté de se rassurer parce qu'il y avait le Bas. Mais qu'est-ce qu'il racontait ? Bernstein commençait à le gonfler sérieusement. Et puis, ça faisait combien de temps qu'il n'avait pas vu Priscilla ?

Quinze jours ? Un mois, peut-être ? Il était persuadé qu'elle trouverait injurieux qu'il n'eût pas envie d'elle. Et ce soir, il ne pouvait pas, même pour lui faire plaisir. Ça n'aurait pourtant pas été difficile, avec un petit effort et un peu d'imagination, d'autant qu'ils avaient mis au point, au fil des années, une stratégie amoureuse assez efficace. Seulement ce soir, il n'avait surtout pas envie de ça. Il avait envie de quelque chose qui fasse un peu mal, un peu peur, de quelque chose qui donne envie de prendre tout, tout de suite, même trop vite, même pas bien... De quelque chose avec quoi la jouissance ne soit ni un soulagement ni surtout une conclusion, mais juste un hoquet. Mais cela, ce n'était pas Priscilla, et de toute façon, même les choses qui lui avaient toujours échappé avaient fini par le lasser.

Non, décidément, il n'appellerait pas. Et puis Charles devait s'impatienter derrière la porte... Peut-être devrait-il lui offrir un copain ou une copine chat pour la distraire ? Mais non. Pourquoi prétendre au sublime ?

Il voulait qu'elle l'aime, lui seul, qu'elle l'attende, pas qu'elle aime un de ses congénères, ni qu'elle risque de l'oublier un peu, ou que du moins sa présence lui devienne moins fondamentale.

Après tout, lui aussi s'emmerdait, et personne ne lui achèterait un copain.

## 15

Roxanna leur ouvrit la porte. Son petit air triste et bien amidonné s'harmonisait à merveille avec sa robe noire et son tablier blanc.

Elle inclina doucement la tête sur le côté et murmura :

— La famille déjeune en haut... Mais miss Margaret est avec moi à l'office.

— Eh bien, nous allons la saluer.

Bo les suivit lentement, assez préoccupé parce qu'il cherchait ce qu'était un office. Lorsqu'il comprit qu'il s'agissait de la cuisine, il retrouva toute sa vigueur.

Miss Margaret avait abandonné le thé au profit du whisky, ce qui, à 9 heures du matin, les rassura sur son état de santé. Elle avait calé sa masse dans un fauteuil Morris, cadeau de feu Mrs Barton-Smithtown, non pas à Roxanna mais à la cuisine. Car Mrs Barton-Smithtown prenait ses références décoratives dans les endroits les moins sujets à caution : les livres d'art Shaker et le musée d'art folklorique de Boston.

Margaret leur sourit. Douglas était déjà séduit, mais même Daisy se laissa tenter par le mouvement de ses lèvres, qui remontait jusqu'aux yeux d'un bleu qui ressemblait aux coloriages d'enfant.

— Asseyez-vous, et accompagnez-moi dans cette débauche matinale.

Coupant court au geste de Douglas, elle s'esclaffa :

— Oh, je vous en prie... Épargnez-moi le refrain d'*Hill Street Blues* sur le service et l'abstinence... Après tout, le whisky devrait faire partie de la panoplie du parfait flic : ça délie les langues et ça rend tendre et confiant. Je suis descendue pour siroter tranquillement avec Roxanna... Il paraît que ça pue, le whisky au petit déjeuner. Ils sont un peu chichipompon, vous savez ?

Roxanna s'affairait autour d'une deuxième fournée de toasts que nul en haut n'avait demandée mais qui allait lui permettre de faire une sortie convenable... Même s'ils avaient été noirs, ces deux flics auraient défendu la loi des blancs et ça, ça n'est jamais bon que pour ceux qui la font.

Bo suivit son départ, un œil allumé caressant la croupe de Roxanna, sur laquelle flottait le gros nœud blanc de son tablier. Lui, il aimait bien les femmes plantureuses, « où il y a de quoi remplir la main d'un honnête homme » comme se plaisait à le répéter son père, qui maniait l'aphorisme avec génie.

Roxanna sentit le regard, se retourna et lui adressa un petit sourire flatté en pensant : « Gros porc, trouduc, fouille-merde... » La Louisiane est le pays du verbe et de la métaphore.

Douglas descendit son verre tranquillement en regardant Margaret. Elle lui donnait envie de se taire, de rester là à ne penser qu'à ce qu'il faisait : boire un verre. C'était tout à fait le genre de femme dont on se demande pourquoi on l'aime. Parce qu'elle n'est ni maternelle, ni féminine, ni surtout sexy, mais peut-être parce qu'elle est infiniment drôle, intelligente et tendre.

Son regard s'arrêta sur l'énorme cuisinière à bois, une « Godin », qu'ils avaient dû faire venir d'Europe à grands frais, sur la pendule autrichienne peinte et sur les barbares ustensiles de cuisine suspendus à des crochets... Les robots-mixers devaient être planqués au fond des placards en chêne à peine travaillé.

Une véritable petite merveille de cuisine, bien sûr, qui devait exiger un manipulateur averti et acrobate pour la confection du moindre plat de nouilles, mais après tout, les bonnes ne sont pas faites pour les chiens.

Douglas fit un prodigieux effort de concentration pour se souvenir que quelqu'un avait buté une femme dans cette maison et qu'il était payé par l'État du Massachusetts pour essayer de trouver qui.

— Vous avez de la peine ?

— Oui, mais je ne voudrais pas que vous vous mépreniez. Ce n'est pas la mort de Tricia qui m'a bouleversée... C'est plutôt tout ce que cela laisse de vide et d'imparfait.

Douglas finissait par se demander pourquoi tous, jusqu'ici, avaient mis tant de bonne volonté à lui faire comprendre combien feu Mrs Barton-Smithtown était une peste royale doublée d'une gourde détestable et combien nul ne l'aimait. A priori, voilà qui défiait tout bon sens. Ils avaient maintenant tous compris que le meurtrier était l'un d'entre eux, et que la police le savait. La logique aurait voulu que tous tentent de dévier la ligne de tir en se prétendant affligés ou même simplement choqués par la mort de Tricia.

— Vous n'aimiez pas votre sœur ?

Il s'agissait davantage d'une entrée en matière que d'une question.

— C'était ma demi-sœur. Ma mère est morte lorsque j'avais cinq ans. Mon père était un terrien. S'il n'avait pas gagné tant d'argent, on aurait dit que c'était un plouc. Il aimait la bonne bouffe, le bon vin et les femmes... Je tiens de lui. Il était persuadé qu'un homme normal se doit de posséder une jolie femme, deux beaux enfants et une grande maison. Je ne sais pas très bien ce qui a pu le séduire chez Veronica, la mère de Tricia... Sans doute le fait qu'elle était ravissante, et qu'elle jouait à merveille les pauvres petites choses affolées. Elle a légué toutes ses armes à sa fille, qui a parfaitement su les utiliser. En réalité, Tricia était dure comme un roc, mais elle s'effondrait en larmes de façon admirable à la moindre contrariété.

Elle le regarda pour voir s'il était las de ces souvenirs qu'elle évoquait pour lui. Mais non, il l'écoutait avec intérêt, le menton posé dans sa paume gauche. Bo-Daisy se resservait discrètement un whisky, en songeant qu'ils faisaient une bonne paire, Douglas et lui. L'inspecteur savait faire parler les gens, mais lui savait écouter entre les mots en faisant mine de s'intéresser aux dessins de la toile cirée qui recouvrait la table de l'office. Elle reprit son monologue, rassurée par leur silence attentif.

— Les hommes sont de bien curieux bipèdes... J'aimerais être parfois une heure dans leur tête pour savoir s'ils pensent vraiment différemment de nous.

Douglas sourit. Il avait bien souvent éprouvé la même chose, poussant même l'interrogation jusqu'à se demander si les autres hommes pensaient comme lui. Étaient-ils troublés par les mêmes délires sans suite ? Mais on ne parle pas de ces choses-là... Surtout pas dans un poste de police. Les femmes avaient encore ce privilège de la logorrhée avec la copine d'enfance, de ces « bavardages » qui ne mènent à rien ou qui résolvent tout.

— Je me suis souvent demandé pourquoi mon père tolérait si mal chez sa cadette ce qu'il adorait chez sa femme... Peut-être parce que la différence de Veronica le rassurait alors que l'expression de sa part de gènes chez sa fille le remettait en face de lui-même. Toujours est-il que Tricia l'exaspérait, et mon père évitait, gommait tout ce qui l'exaspérait. Tricia l'adorait, bien sûr, et ça n'a fait qu'envenimer les choses. Il s'est débarrassé d'elle en l'expédiant en France, dans un pensionnat, sous prétexte qu'on allait faire d'elle une ravissante créature comme Maman. Elle est rentrée de France lorsque sa mère est morte, convaincue qu'elle était fin prête pour la remplacer auprès de notre père. Mais après une scène affreuse, elle a enfin compris que ce qu'elle mettait sur le compte d'une sobriété et d'un flegme très virils n'étaient en fait que le reflet de son indifférence profonde. Je ne voudrais surtout pas faire de la psychanalyse de supermarché, mais je me demande si son incapacité à aimer ne remonte pas à cela. Tricia n'était pas très futée, vous savez. Elle transformait toujours en lois générales de petites anectodes personnelles. Il n'en demeure pas moins que sa haine pour moi remonte à ce jour-là. D'abord, je ressemble à mon père, et surtout, elle ne parvenait pas à comprendre qu'il m'aime, en dépit de nos prises de bec et de mon obstination.

Elle se perdit un moment dans la contemplation des petites vagues ambrées qu'elle faisait naître en remuant son verre machinalement.

— Remarquez, tout cela, c'est historique. Ne croyez surtout pas que je lui cherche des circonstances atténuantes, comme on dit chez vous... C'était déjà une peste, et tout cela n'a servi qu'à l'excuser à ses propres yeux. Si cette femme a jamais eu la moindre trace d'intelligence, elle l'a utilisée pour emmerder les autres. Parce qu'en réalité, elle se foutait complètement qu'on l'aime... Elle s'aimait suffisamment. Non, elle aimait bien inquiéter, dominer, jouer sur l'angoisse des gens... Vous savez, par moments, je me demande pourquoi on ne l'a pas tuée plus tôt ! Un de ses grands jeux consistait à relever soigneusement les petites erreurs des bonnes qui se sont succédé ici. Elle ne disait rien sur le moment, elle attendait que la fille se rassure et elle la virait. Elle collectionnait comme cela des petits riens sur tout le monde, qu'elle savait admirablement monter en épingle et qu'elle distillait au moment crucial... Ni par haine, ni même par amour, ni surtout pour du fric... Non, juste comme ça, par perversité.

Avant même qu'il ait eu conscience de ce qu'il allait dire, il lâcha :

— En somme, vous auriez aimé la tuer ?

C'était une question très inopportune, et pourtant, même si Daisy faillit s'étrangler avec le petit bout de glaçon qu'il suçotait bruyamment depuis un moment, même si elle se pencha brutalement vers lui en détaillant le nœud de sa cravate, il ne la regretta pas.

— J'avais, comment dit-on... le moyen (Elle montra ses grandes mains carrées), l'opportunité — après tout, j'aurais pu passer ici avant l'arrivée de Roxanna —, mais je n'avais pas de mobile, enfin, je n'en avais plus. Ni l'envie d'ailleurs... Ça vous intéresse, hein ? Juste avant la mort de mon père, Tricia a fourré son vilain nez dans ma vie... disons relationnelle. Elle y a trouvé des petites choses qu'elle a menacé de lui répéter. Il n'y avait aucune monnaie d'échange. J'ai essayé de la convaincre, de lui faire comprendre, jusqu'à ce que je réalise que c'était exactement ce qui l'excitait. Pour finir, je lui ai poché l'œil et cassé deux dents, en lui précisant que si elle persistait, elle devrait s'offrir un dentier intégral. Elle s'est tue, bien sûr. C'était tellement énorme pour sa petite tête que des gens de notre milieu puissent cogner, surtout une porcelaine comme elle...

Le silence s'établit. Bo-Daisy la regarda avec une franche lueur d'admiration sous la paupière... Ils partirent tous ensemble d'un rire ravageur en imaginant la jeune Tricia, future Barton-Smithtown, le ruban en goguette et un trou béant à la place des dents. Roxanna, assise depuis un quart d'heure sur les marches de l'escalier, fit irruption dans la cuisine et éclata de rire, sans savoir pourquoi, si ce n'est que c'est bon de rire, surtout lorsqu'il faut jouer les désespérées toute la journée.

Le rire mourut peu à peu, cédant la place à de petits hoquets nerveux. Douglas lui demanda :

— Mais dites-moi, pourquoi veniez-vous encore la voir ?

— J'aime beaucoup mon neveu et ma nièce.

Gayle-Ann est moins facile d'accès qu'Edward, mais c'est, comment dire... quelqu'un d'éblouissant. En plus de quoi, mon père a divisé ses biens en trois parts égales, celle de Tricia, la mienne et la dernière pour ses petits-enfants. Nous possédons des tas de trucs en commun, notamment un énorme terrain de golf dans le Maine... Et dans nos familles l'argent est un puissant ciment, mon cher.

— Qu'est-ce que c'était, ces petits problèmes relationnels ?

Elle lui offrit un de ses immenses sourires bouleversants, et dit très gentiment :

— Sans intérêt pour vous, et je crois qu'on doit vous attendre là-haut.

Il n'insista pas, parce qu'il la croyait et qu'elle lui faisait plaisir.

# 16

*Sa migraine cédait la place à une espèce d'apathie indolore.*

*Finalement, les choses s'étaient assez bien passées. C'était même plutôt drôle quand on y repensait.*

*Toutes ces années, ces semaines d'incertitude et de douleur avant d'en arriver à cette conclusion, qui lui était apparue tout d'abord terrorisante pour ne s'avérer que libératoire.*

*Toutes ses angoisses et ses stratagèmes pour contrer Tricia et se dissoudre dans cette espèce de confort artificiel et menteur parce qu'il ne repose que sur des espoirs et une logique qui n'était pas celle de cette garce.*

*Se dire et se répéter tous les jours qu'elle ne parlera pas, qu'elle n'agira pas, qu'elle ne détruira pas juste par plaisir, comme si cette litanie pouvait se faire prière et exorcisme...*

*Mais si, bien sûr, qu'elle le fera...*

*Se résoudre à l'acte ultime, survivre à ces nuits blanches, moites de terreur, en se disant que tout cela est monstrueux, que ce genre de décision n'appartient qu'à Dieu... Une autre façon de se dissimuler sa propre trouille du jugement des hommes et de leurs lois... Cette affreuse et soudaine lucidité qui décrit avec une précision de scalpel qu'on est décidément seul... Et pourtant...*

*Une mise à mort d'une simplicité enfantine... l'avait-*

*elle seulement vu venir ? Peut-être avait-elle eu l'ombre d'un doute avant qu'une chape chimique ne lui tombe dessus...*

*Joli comme un beau suicide... Elle aurait probablement fait moins bien toute seule, parce que c'est très compliqué, la réalisation d'un beau suicide... Surtout que ce doit être psychologiquement insupportable, cette espèce de pari avec sa propre vie... Arriver à la conclusion un jour que tout doit se terminer là en décidant que rien de ce qui suivra ne peut avoir d'intérêt, que plus rien ne recèle d'une source de vie.*

*Quelle épouvantable détresse que cette infinie solitude qui conduit à plus rien... Et Tricia était si seule... Sa malveillance l'avait probablement désespérée, au bout du compte. Elle devait savoir que tous la détestaient... Jusqu'au chat : la preuve, il avait élu domicile chez des voisins. Finalement, son suicide était inéluctable, et si on extrapolait un tout petit peu, cet infime instant où son sang s'était répandu sur le couvre-lit n'était même pas un meurtre, mais plutôt un suicide par anticipation, qui lui avait évité une difficile décision et la possibilité d'un traumatisant ratage !*

## 17

Émily Barton, inquiète de savoir si sa pension avait été versée à temps, se dirigea d'un pas vif vers le bureau de la directrice. Elle l'aimait bien, cette Norma, une femme ample et ronde de partout, même de la voix. Une encore jolie blonde avec de grands yeux mobiles dont le regard d'une candeur bleu marine ne dissimulait plus, à aucun de ses pensionnaires, une volonté de fer.

Norma rit en la voyant arriver. Tous les trimestres, la même scène se reproduisait. Avant même qu'Émily ne pose l'habituelle question, Norma lui lança :

— Mais oui, Émily, le chèque est arrivé, en avance d'une semaine, comme d'habitude. C'est un bon garçon, votre Georges... Il vous offre une des meilleures maisons de retraite du Wyoming et il ajoute toujours un petit quelque chose pour votre argent de poche... Vous savez, tout le monde ne peut pas se vanter d'avoir des enfants aussi affectueux.

Émily lui adressa un petit sourire pas même triste.

— Oui, il n'est pas venu me voir depuis onze ans, et la dernière fois que j'ai vu mes petits-enfants, l'aînée devait avoir douze ans.

— Enfin, Émily, il ne faut pas parler comme cela. Vous savez comme Georges est pris par ses affaires, et puis, c'est loin, le Massachusetts.

— Oui, justement... Bien, merci Norma.

Elle repartit. Norma regarda la grande silhouette se diriger vers l'escalier... Elle lui trouvait l'élégance d'un lourd cheval irlandais.

Une élégance qui naît de la parfaite maîtrise des pesanteurs. Ni elle ni Émily n'avaient en fait plus grande illusion sur rien, mais les petits mensonges font partie de cette panoplie d'artifices qui rend la vie un peu moins insupportable. Et puis, sans doute était-elle aussi un peu lâche. Norma savait qu'elle ne supporterait pas le chagrin de cette grande femme... Il lui aurait semblé incongru de la bercer pour la consoler.

Émily s'arrêta une seconde au milieu de l'escalier. C'était une de ces secondes étranges où l'on ne sait plus très bien si on va fondre en larmes ou décider d'en rire, une de ces secondes où l'on attend que le corps et l'âme exsudent. Son grand corps opta, comme d'habitude, pour un espace intermédiaire. Le regard d'Émily se posa sans gentillesse sur la silhouette de la grande femme que lui renvoyait le miroir de l'escalier... C'est vrai qu'elle « n'avait jamais vraiment rien eu pour retenir un homme », enfin du moins, le genre d'homme qu'elle avait épousé. Certes, elle avait toujours travaillé comme une brute, fait ce qu'on lui disait de faire, attendu patiemment les jours-meilleurs-qui-devaient-venir. Mais ils n'étaient pas venus, et ni l'obéissance, ni la patience ne l'avaient fait aimer. Elle passa une main dure sur sa poitrine plate et sur ses cuisses hautes et solides qu'aucun artifice vestimentaire n'était parvenu à dissimuler complètement. Ça, évidemment, la petite stagiaire, comment s'appelait-elle déjà ? Ah oui, Dotty, la petite stagiaire, elle, portait des soutiens-gorge à balconnet, ceux qui font frémir le décolleté d'une robe dès qu'on bouge, et les jours meilleurs, elle les voulait tout de suite.

Émily ne lui en voulait plus, elle ne savait du reste même pas si son mari était toujours en vie.

Elle se demandait parfois s'il l'avait jamais aimée,

mais c'était surtout pour s'occuper l'esprit. C'est curieux l'amour... On aime et puis on n'aime plus, et c'est comme si l'autre n'avait jamais existé, comme s'il n'avait eu de substance que celle que l'amant lui avait pour un temps prêtée.

La haine aussi, du reste... Dieu, comme elle avait détesté ce mari lorsqu'elle avait trouvé les placards vidés de ses affaires, le petit coffre à bijoux en cuir bordeaux subtilisé. Maintenant, presque quarante ans plus tard, elle parvenait à peine à recomposer son visage.

Elle avait alors plongé dans cette facilité que partagent tant de femmes : son fils ! Son fils, son Georges, allait la venger de cette médiocrité. Elle travaillerait, il étudierait et deviendrait quelqu'un. Elle en ferait quelqu'un de bien, de fort, de droit. Selon les soirs moroses, il était un jeune chirurgien fringant, un avocat célèbre ou un journaliste courageux, et se rendait invariablement à un cocktail ou à une remise de prix, sa mère, elle, à son bras.

Où les choses avaient-elles dérapé ? Cela non plus n'avait pas échappé au grignotement insatiable de la Médiocrité. Elle avait fini par troquer l'identité fallacieuse de mère comblée contre une effroyable lucidité... Du moins, dans ce marché-là, avait-elle la consolation d'avoir été sa propre dupe.

Émily savait pertinemment que la ponctualité maladive avec laquelle Georges réglait son excellente pension ne devait rien à l'amour filial, ; d'abord parce que Georges était incapable d'aimer, qui que ce soit, pas même lui, et surtout parce qu'il ne l'aimait pas, elle plus particulièrement. Elle était devenue le symbole de ce qu'il désirait oublier et faire oublier. Elle lui rappelait le deux-pièces de Detroit qu'elle tenait pourtant religieusement propre. Elle lui rappelait ses échecs scolaires et surtout, elle lui rappelait qu'il lui devait quelque chose, et tout ceci n'engage pas à l'amour. Et puis surtout, il était pingre, Georges... Sa générosité était toujours calculée à l'extrême, ses fantaisies pécuniaires devenaient une excuse pour justifier ensuite l'exercice de sa dévorante passion : la thésaurisation.

Émily n'avait vu sa belle-fille Tricia que deux fois. La première, le jour de leur mariage. Elle l'avait détestée en bloc, mettant ainsi un terme à toutes tentatives ultérieures de Tricia pour la séduire. Mais elle reconnaissait à Georges une admirable cohérence : il s'était trouvé la femme qui convenait à son nouveau cadre de vie, et elle doutait qu'à part l'apaisement ponctuel des bourrasques sexuelles qui secouaient parfois son fils, il y eut beaucoup de choses entre eux.

La deuxième fois, ils étaient passés pour fêter avec elle ses soixante-cinq ou soixante-dix ans, elle avait oublié. C'était aussi la première et la dernière fois qu'elle devait voir ses petits-enfants. Elle les avait trouvés gentils, mais s'était refusée à les aimer davantage, de peur que l'effroyable indifférence des parents ne les contaminât plus tard, ou pire, qu'ils y fussent réfractaires et qu'on les éloignât donc d'elle. Car, elle n'était plus fréquentable !

Ils avaient tous déjeuné dans le parc de la maison de retraite. Georges s'était fendu d'une bouteille de champagne français et d'une énorme boîte de fondants au sucre d'érable dégoûtamment sucrés... L'espéraient-ils suffisamment sénile pour engouffrer ces horreurs, alors qu'elle n'avait jamais aimé les sucreries ?

Elle savait bien sûr que ce voyage était une corvée pour eux, en avait été contente. Mais très vite, l'ennui l'avait gagnée. Georges s'échinait à trouver de bucoliques comparaisons entre la couleur de l'herbe du Maine et celle du Wyoming, et décrivait un petit arbre roux que tout le monde voyait aussi bien que lui. Elle crut tout d'abord que sa présence les gênait, puis comprit qu'elle rejoignait pour eux la transparence du paysage. Non, ils n'avaient rien à partager, et qu'elle fût là n'y changeait rien.

Georges ne se départit pas une seconde de cette peau de parfait gentleman pas très futé qu'il avait assumée depuis si longtemps. Tricia était peut-être dupe, mais pas Émily : elle le savait froid, dur, calculateur et infiniment subtil lorsque son intérêt l'y poussait.

Mais c'était un show magistral. Émily se demandait qui lui avait appris cette fausse placidité bon enfant et un peu prétentieuse avec laquelle il anesthésiait ses victimes. Il poussait l'intelligence jusqu'à ne jamais s'en départir, si bien que le doute subsistait toujours dans l'esprit des vaincus, rassurant ainsi d'autres proies potentielles.

Décidément, elle n'aimait pas ce seul enfant que le hasard lui avait donné, mais après avoir été mortifiée, culpabilisée, détestée, elle avait enfin compris qu'elle non plus ne lui devait pas d'amour.

# 18

Ils étaient tous très mignonnement assis autour de la table Queen Anne. Les mains posées bien à plat sur le bois ciré ou encore jointes sur les genoux, le regard rivé à la coupe à fruits centrale comme s'ils essayaient de la déplacer par la seule force de leur esprit. Roxanna, très stylée, se racla élégamment la gorge pour annoncer l'entrée de Douglas et Bo-Daisy. Cinq paires d'yeux convergèrent dans leur direction... Un peintre académique aurait pu en tirer un merveilleux portrait d'une famille W.A.S.P. de Nouvelle-Angleterre.

Georges, « dear Georges », se leva d'un bloc pour les accueillir, Gayle-Ann effleura leurs silhouettes d'un regard vague, Mélanie se rongea l'ongle du pouce, Edward s'ennuyait ferme, quant à Samuel, que Douglas n'appelait plus que La Langouste, eh bien c'était une langouste sans les antennes.

Georges, avec un regard d'angoisse poliment réprimé pour le postérieur défraîchi et très relativement propre du pantalon de Daisy, les invita à s'asseoir.

— Mon fils et mon... gendre m'ont raconté leurs visites dans votre bureau. Inutile de vous dire que j'ai tout d'abord assez mal pris vos insinuations. Notre famille, enfin, n'y voyez aucune arrogance de ma part, notre famille, disais-je, est une des plus anciennes de la colonie.

De quelle colonie ? Celle des rupins collet-monté bien pensants qui retape à grands frais les briques rouges du Freedom Trail, mais qui ne filerait pas un dollar aux petits vieux du métro qui ramassent les canettes de Coca-Cola vides pour récupérer la consigne, parce que ça, c'est de l'assistanat ? Douglas écouta d'une demi-oreille le préambule, dont il craignait qu'il ne s'éternise, et se remémora la lecture du dossier concernant Georges Smith tout court, qui lui était parvenu de Detroit le matin même... Et là, il n'y avait vraiment pas de quoi pavoiser, mon bonhomme.

*Georges Smith, fils de Georges Smith, courtier d'assurances, et d'Émily Barton, caissière. Né à Detroit en 1922, le 19 juin. Des études secondaires plus que médiocres le conduisent derrière le guichet d'une banque. Le père disparaît de la circulation en emmenant les quelques bijoux de la mère et la caissière stagiaire du supermarché dans lequel elle travaille. Curieusement c'est Émily qu'on fout à la porte, parce qu'après tout, une femme qui ne sait pas garder son mari, c'est louche.*

— Il y a, voyez-vous, mon cher, des choses qu'un ancien officier comme moi a du mal à encaisser...

*Le jeune Georges tente alors de s'engager dans la Marine. On le réforme en raison d'une déformation congénitale des sinus...*

*Il frôle l'emprisonnement pour une histoire de revente de surplus de l'armée aux pays en voie de développement, en usurpant la caution d'un attaché commercial d'ambassade d'un petit pays d'Afrique sur lequel on fondait à l'époque de grands espoirs.*

— ... Et croyez-moi, j'ai toujours élevé mes enfants dans la crainte de Dieu, le respect de notre drapeau et l'obéissance aux lois de notre grande démocratie...

*... S'en sort de justesse en menaçant d'impliquer quelques hauts fonctionnaires, à une époque où ça n'était vraiment pas le moment. Il quitte Detroit en*

*1952, après avoir placé sa mère dans une maison de retraite chic.*

Le dossier s'arrêtait là, mais la suite était de notoriété publique. Un certain Georges Barton-Smithtown émergeait au même moment à Boston. Il investissait à tour de bras la somme rondelette qu'il avait retirée de ses juteuses combinaisons africaines. Il épousait en 1954 une digne descendante du *Mayflower* dont il avait deux beaux enfants. S'il passait à la fois pour un vautour et un imbécile prétentieux, son cas n'avait jamais plus dérapé dans l'illégalité.

— Je pense vous avoir brossé un tableau peut-être trop sentimental, mais à tout le moins juste de notre famille, inspecteur.

Joli vibrato, Georges !

— J'y suis très sensible, monsieur, mais par respect pour l'uniforme que vous avez porté pour défendre notre pays, je n'irai pas par quatre chemins.

Georges, « dear Georges », se rassit, heureux de cette virile sincérité.

— Mrs Barton-Smithtown a été assassinée... Non, je vous en prie, c'est un fait ! Le médecin-légiste situe sa mort entre 17 heures et 18 h 30. Roxanna est arrivée à 18 h 10. Je veux donc savoir ce que tout le monde a fait durant ce laps de temps, à l'exception, bien sûr, de votre fils et de votre gendre, que j'ai déjà vus.

— Ça s'adresse aussi à moi ?

Margaret venait d'entrer, un verre à la main, sous l'œil désapprobateur de son beau-frère.

— Mais bien sûr, miss.

— Chouette, c'est la première fois qu'on me soupçonne d'un meurtre.

Georges la regarda avec la consternation effrayée qu'on réserve d'habitude aux grossiers personnages qui lâchent un pet malodorant dans un salon de thé chic de Brookline.

— Par ailleurs, je ne suis plus du tout d'humeur aux plaisanteries.

Cette déclaration ne s'adressait pas exclusivement

à Margaret, et chacun comprit que l'onctueux et charmant Douglas venait de céder la place au non moins charmant mais plus du tout onctueux inspecteur Douglas Morrington Jr.

Georges, « dear Georges », se tourna machinalement vers Mélanie, qui expliqua d'une voix calme :

— C'est son droit, si le crime est prouvé. Si vous refusez de répondre, il peut vous convoquer et même vous inculper pour obstruction à la justice, mais vous aurez droit à la présence d'un avocat. Cependant, nous n'avons rien à nous reprocher, et je vous conseille de répondre. Il a simplement oublié de vous dire que ceci était un interrogatoire, pas un échange de renseignements, et qu'en cas... d'imprécisions dans vos déclarations, il peut vous faire inculper pour faux témoignage.

Douglas la trouva terriblement moins attendrissante... Entre la Langouste qui se payait presque ouvertement sa tête, et cette rouquine qui veillait au grain, sa marge de manœuvre se rétrécissait.

— Mais, enfin, ce pourrait être quelqu'un d'extérieur... Je ne sais pas, moi, un voleur ou une ancienne bonne...

Edward le coupa d'un ton excédé.

— Oh, Papa, je vous en prie... Nous en avons déjà discuté, et vous savez très bien que c'est impossible.

Dépité, Georges se tourna vers sa fille et lança :

— Bon, eh bien, honneur aux dames...

Mélanie entrait vraisemblablement dans une sous-catégorie.

— Rien d'extraordinaire, dit Gayle-Ann. J'ai déjeuné avec mon père au *Hungry I* dans Beacon. Je suis retournée à Government Center vers 14 h 30. J'ai travaillé dans mon bureau jusqu'à 18 h 30. J'ai reçu quelques visites et coups de téléphone qui vous prouveront que je ne suis pas sortie plus de cinq minutes de mon bureau. Voilà, c'est tout.

Margaret embraya sans même qu'on ait eu besoin de le lui demander.

— Eh bien moi, je suis allée chez Agathe, c'est ma tante. J'y suis arrivée vers 15 heures. Elle s'est plainte de la sobriété de toute la famille et nous avons décidé d'y remédier en arrosant nos cancans de pur malt. En sortant de chez elle vers 17 heures, j'ai rencontré Cynthia, une amie, qui venait de suer sang et eau pour perdre une demi-livre de graisse au sauna et qui a décidé de se récompenser d'un cocktail chez *Rebecca's*... C'est très sympa d'ailleurs comme endroit, avec des plantes magnifiques partout... Enfin, bref, de fil en aiguille nous nous sommes mutuellement congratulées pour sa demi-livre, et j'en suis ressortie vers 19 heures. J'ai un peu traîné dans les boutiques pour arriver ici très en retard.

Georges, « dear Georges », lui jeta un regard venimeux.

— Et vous, madame ? demanda Douglas en se tournant vers Mélanie.

— Oh, rien d'extraordinaire, non plus. J'ai reçu une de mes clientes vers 14 h 30, un cas un peu difficile. J'ai tenté de lui expliquer la stratégie de défense que nous devions privilégier. Ça n'a pas été très facile parce qu'elle était convaincue de son bon droit. Il est toujours très compliqué de faire comprendre aux gens que seul le droit avec un petit « d » compte, qu'il soit bon ou mauvais. Elle est partie vers 16 h 30. Je devais plaider à 17 heures au palais, mon dossier n'était pas prêt et j'étais très en retard. J'ai pris ma voiture et j'ai foncé. Je suis arrivée pile à l'heure. J'ai défendu mon client jusqu'à 17 h 40, à peu près. Je me suis changée dans les vestiaires du palais, et j'ai foncé à Harvard Square, où j'ai bu un verre avec des collègues. Je me souviens très nettement avoir regardé ma montre en les quittant parce que j'avais peur d'être en retard pour le dîner. Je suis rentrée chez moi vers 19 heures, je me suis habillée pour le dîner, et voilà. Vous pouvez vérifier.

— Mais je n'y manquerai pas.

Douglas chercha vaguement des yeux Roxanna,

qui s'était prudemment retirée dans ses quartiers. Il savait déjà qu'il allait falloir s'armer d'énormément de patience pour l'interroger, qu'elle fût réellement secouée par la mort de sa patronne ou qu'elle y mît simplement de la mauvaise volonté n'y changeait rien. C'est donc plutôt satisfait de ce répit qu'il entreprit de leur offrir un petit entracte, en synthétisant ce qu'ils venaient d'entendre...

Samuel plongea aussitôt dans une de ces rêveries qui terrorisait toujours Sarah, sa mère, parce « qu'il partait ailleurs, bouche ouverte et les yeux fixes ». Elle tentait vainement de l'en tirer, de peur qu'il n'en revînt pas seul, en hurlant son nom, l'accent tonique sur la première syllabe et sans parvenir à prononcer le « el » final autrement que « il ». Il prit sans s'en rendre compte la main de Gayle-Ann. Le bourdonnement indéchiffrable de la voix de Douglas le berçait, l'anesthésiait.

*Décidément, c'était bien une garce ! Ils en étaient tous d'accord, sauf peut-être Gayle-Ann... Mais qui savait ce que pensait vraiment Gayle-Ann ? Pas lui, et de toute façon, il ne le lui demanderait jamais. Il avait encore parfois l'impression de l'aimer à la sauvette, comme s'il n'y était pas autorisé. Le plus petit désaccord entre eux se boursouflait jusqu'à lui manger la vie. Pourtant, une autre partie de lui, qu'il aimait moins, savait que toute cette angoisse était une des clefs de sa vitalité, savait que Gayle-Ann l'aimait et le voulait dans sa vie, savait que les femmes comme elles n'aiment qu'une fois et qu'il était cette fois. Mais cette partie-là, c'était celle du jeune et brillant Dr Bernstein, qui ne nourrissait pas son besoin de drames et de délires, et il avait décidé qu'elle ne le rattraperait que par intermittence.*

*Tricia descendait l'escalier, lentement. Elle portait une espèce de kimono qui dissimulait mal le diagramme compliqué des armatures de son soutien-gorge, qui lui remontait les seins vers le ciel. Il était au téléphone avec son père, dans le salon. Sarah avait eu un léger malaise, dû à son poids, et à la chaleur, probablement. Ils s'étaient fait du bien en s'affolant mutuellement à l'idée de perdre Sarah, pour pouvoir se rassurer ensuite et se congratuler... Après tout, Sarah en rajoutait toujours beaucoup. Il raccrochait, et Tricia susurrait :*

*— Cher Samuel, vous êtes décidément très représentatif de votre race... Quel goût pour le drame... Votre mère est-elle pareille ?*

*Il ne répondait pas directement parce qu'il n'y avait rien à répondre, mais expliquait :*

*— Elle a eu un malaise cet après-midi...*

*Il regrettait immédiatement cette phrase, parce qu'elle ressemblait à une excuse. Quel besoin avait-il de se justifier devant elle ?*

*— Oui, elle est très en... viande, n'est-ce pas ?*

*Pauvre conne ! Oui, elle est très en viande, mais cette viande-là vaut son pesant d'amour...*

Le ronron de Douglas Morrington Jr prenait de l'ampleur. Gayle-Ann griffa la paume de Samuel pour le tirer de sa rêverie...

— Il ne nous manque plus que vous, Mr Barton-Smithtown...

Georges, « dear Georges », regarda Douglas Morrington Jr, partagé entre le désir de l'envoyer paître et celui d'obéir. Un lent mouvement de Mélanie lui fit comprendre qu'il valait mieux opter pour la deuxième solution.

— Oh, c'est très simple, je termine habituellement plus tôt le vendredi soir. Je pars à 16 h 30 du bureau pour être ici vers 17 heures. Ma devise c'est « Vendredi soir, 18 heures à la maison ». Ma femme et moi recevons tous les vendredis... Je veux dire, recevions. Mrs Barton-Smithtown aimait me consulter sur une foule de petits détails au sujet de ces invitations, non pas qu'elle manquât d'imagination, mais... Enfin, bref...

C'est cela, Georges, abrégeons...

— Toujours est-il que vendredi dernier j'ai déjeuné

comme tous les vendredis avec ma fille au *Hungry I*. C'est une habitude à laquelle nous tenons beaucoup tous les deux... N'est-ce pas, ma chérie ?

La chérie répondit par un gentil sourire distant.

— Bref, je suis rentré au bureau vers 15 heures et ma secrétaire m'a dit qu'elle avait reçu un coup de fil affolé de mon fils. Il était tombé en panne avec sa voiture sous le pont de Waterford, juste en face du marchand de bois. Ni lui ni son beau-frère (il évita de dire « gendre ») — ils étaient ensemble — ne connaissent rien à la mécanique, et le plus proche garage encore ouvert ce début de week-end se trouve à vingt kilomètres. Je me suis donc précipité avec ma voiture pour essayer de les remorquer et...

— Je vous en prie, poursuivez.

Douglas était très intéressé. Comment les deux hommes avaient-ils pu à la fois entrer dans un cinéma de Downtown Boston et se trouver à soixante-dix kilomètres de là à la même heure... ?

D'autant qu'il venait de surprendre le coup d'œil affolé qu'échangeaient Samuel et Edward.

— Eh bien, écoutez, c'est très embêtant, du reste, je ne m'explique pas très bien ce qui a pu se passer, mais quand je suis arrivé là-bas vers 17 heures, il n'y avait personne. J'étais très en colère, bien sûr, d'autant que ce n'est pas la porte à côté, surtout un vendredi soir. J'ai un peu attendu, vraiment, quel embarras...

— En effet, oui... C'est même très embêtant, tout cela.

— Pourquoi ?

— Parce que votre alibi est invérifiable, monsieur...

— Mais je ne vous permets pas de... Mais enfin, les automobilistes qui sont passés sous le pont pendant que j'attendais... Je ne sais pas, moi...

Le masque de Georges commençait à s'effriter. Mélanie s'arrachait la peau de la lèvre inférieure avec les dents et le regardait, consternée. Douglas se leva sans précipitation.

— Je crois que nous avons assez abusé de votre temps.

Bo lui emboîta le pas, et se retourna, mauvais, vers le veuf :

— Si quelque chose vous revenait, n'hésitez pas à nous le communiquer, c'est très important... Pour vous !

# 19

— Pourquoi on est partis comme ça, c'était le moment de cuisiner le vieux, non ?

— Mais non... « Plus la viande est coriace, plus le plat se mijote. »

Bo le trouvait grandiose, son Douglas, quand il sortait des trucs poétiques comme ça.

— Tu vas me vérifier la chronologie soûlographique de notre chère Margaret.

— En tout cas, le petit père Smith est dans de vilains draps, hein, Douglas ?

Il aimait bien l'appeler Douglas, et ne lui en voulait quasiment plus de l'avoir surnommé sa pâquerette, après tout, ça lui conférait presque une légende, au poste. Maintenant, c'était « Douglas et sa pâquerette », et cette appartenance à un couple rassurait Bo, elle prouvait au moins qu'il n'était pas seul. Bien sûr, Douglas Jr n'était pas véritablement un rigolo, mais Bo, qui ne péchait pas par excès de sensiblerie, finissait par apprécier le beau brun et cela, c'était infiniment plus important que tout le reste... Bo se surprenait à désirer l'estime, voire même l'amitié de Douglas, malgré cette stupide histoire de *Legal Sea Food*. L'alibi de Margaret fut vérifié en quelques heures, ce qui ne les surprit ni l'un ni l'autre. Douglas décida alors de reconstituer le parcours pour le moins fantaisiste de ce cher Georges.

## 20

Flanqué de Bo-Daisy, Douglas pénétra chez le marchand de bois de Waterford. Il aima instantanément l'odeur violente de résine qu'exsudaient les planches de différentes essences. C'était une odeur prenante qui suggérait instinctivement un gigantesque incendie, capable de soulever les copeaux, de tordre et de calciner toutes ces planches et ces lambris et de faire gémir et siffler les nœuds de bois sous la morsure du feu.

Mais l'odeur évoquait aussi, pour Douglas, ces petites séances d'automutilation enfantine qu'il s'imposait lorsqu'il bricolait avec son père ; les petites échardes qui s'introduisaient perversement entre ongle et chair et qu'il fallait extraire avec une aiguille passée au feu parce que sa mère flairait le tétanos partout. Il continuait de se percer les chairs bien après que toutes les particules de bois aient été enlevées, se délectant de l'idée qu'il fallait souffrir pour vivre, comme si ce paiement lui donnait une totale possession de lui, comme si ce sentiment confus de vie prenait soudainement une acuité enivrante.

Bo-Daisy vibrait de toute son âme devant une promotion de perceuses à percussion, capables de vous percer un coffre-fort en trente secondes et soldées de 25 %... Ce n'était tout de même pas négligeable.

Douglas se dirigea vers le comptoir de verre à la

découpe parce qu'il était situé près des grandes baies vitrées du magasin, qui donnaient sur le pont de l'autoroute. Il fut accueilli, enfin c'est un bien grand mot, par le regard revêche d'une latinos... C'est très dangereux la découpe du verre, pour une femme, même si celle-ci semblait davantage sortir d'une salle de body-building de Castro Street que d'un magasin de lingerie fine. Elle le regarda arriver avec un regard vachard en se mordant l'intérieur de la joue. Elle appuya ses deux coudes sur le comptoir, et Douglas fut certain qu'elle n'adoptait cette position que parce qu'elle faisait saillir les muscles de ses épaules. Tout, jusqu'au bandana rouge qui lui serrait le front et que ne justifiaient ni la météo ni la coupe presque rase de ses cheveux bruns, avait été calculé pour renforcer le côté « san-franciscain ».

— Bonjour, miss. Je suis l'inspecteur Douglas Morrington Jr, et j'aimerais vous poser quelques questions...

— Ouais...

— Étiez-vous à ce comptoir vendredi soir ?

— Hum...

— C'est très important, réfléchissez bien. Avez-vous aperçu un homme d'une soixantaine d'années en face, sous le pont ? Il prétend avoir attendu une bonne heure, à côté de sa voiture.

— Pas payée pour regarder par la fenêtre... J'ai rien vu.

Connasse ! Même si elle avait vu quelque chose, elle n'aurait rien dit. Douglas fut certain qu'elle faisait de l'opposition systématique au pouvoir yankee. S'il l'avait rencontrée dans un bar, étant entendu qu'ils ne fréquentaient sûrement pas les mêmes, ils auraient bu un verre, deux, et se seraient saoûlés avec tendresse comme les deux meilleurs amis du monde pour ne plus se revoir le lendemain. Mais il représentait l'ordre puritain, la loi des conquistadors du dollar et elle ne voyait aucune raison de l'aider.

— Au revoir miss, merci de votre aide précieuse.

Elle le suivit du regard, vaguement embêtée... Peut-être aurait-elle dû lui dire qu'elle l'avait vu, ce vieux mec... Peut-être qu'il allait trinquer à cause d'elle... Oh, et puis merde, qu'ils se débrouillent entre eux !

Douglas alla repêcher Bo, qui entrait en lévitation extatique devant ses perceuses, surtout la rouge avec sa poignée pour gaucher bien qu'il fût droitier, mais pour une fois qu'on pensait aux gauchers, ça c'était la démocratie, surtout avec une remise parce qu'ils auraient pu en profiter pour la faire plus chère et que...

Ils allaient sortir du magasin lorsqu'une petite chose, que Daisy trouva un peu pâlote et à laquelle Douglas attribua un teint de porcelaine, se suspendit à la manche du bulldozer.

— Vous savez, Vargas est un peu brusque, mais c'est une chouette fille. Le monsieur dont vous parliez, je l'ai vu...

— Ah, vraiment ?

— En fait, je ne l'ai pas vu sous le pont. Je suis aux vis et de là, on ne voit rien. Mais la caisse centrale a reçu un coup de fil. Une dame, je crois, qui voulait qu'on aille voir si le monsieur attendait toujours sous le pont. On n'avait pas beaucoup de monde, alors Bianca, c'est Vargas, m'a dit d'y aller. Je suis sortie, mais au moment où j'arrivais à portée de voix, il y a un bruit fou à cause de l'autoroute, le monsieur est remonté dans sa voiture et il est parti.

— Et comment était-il, ce monsieur ?

— Oh, la soixantaine chic, un peu dégarni, grand, blond et mince... Ah, et il avait un coupé Mercedes beige.

Et bien sûr, Barton-Smithtown possédait un coupé Mercedes de la même couleur...

— Et quelle heure était-il ?

— Oh, aux environs de 18 heures, 18 h 20...

— Eh bien, vous nous aidez beaucoup, miss. Pourriez-vous nous conduire à la caisse centrale ?

Ravie d'avoir été utile, elle les précéda et trottina vers le fond du magasin. Une énorme blonde dont la moindre bouclette était figée sous un kilo de laque, et dont pas un millimètre carré d'épiderme n'était libre d'une abondante couche de fond de teint, les accueillit avec un sourire qui devait lui coûter pas mal de calories. La gentille perruche des vis lui expliqua sur un ton respectueux — après tout, elle était caissière principale, même s'il n'y en avait qu'une — qui étaient ces messieurs et ce qu'ils désiraient. Le sourire s'élargit encore. Mrs — divorcée — Griffiths était une bostonienne de pure souche, respectueuse des lois et des usages.

Douglas le comprit admirablement.

— Madame, réfléchissez bien... Ce que vous nous direz sera d'une importance cruciale.

Il faut toujours flatter les petites manies, et il fut récompensé lorsque les yeux de la dame chavirèrent de bonheur. C'est très important de laisser croire aux gens que les rotations de la terre sont pour un instant suspendues à leurs paroles, la tactique rate rarement sa cible.

— Avez-vous reçu vendredi soir un appel téléphonique vous demandant d'aller prévenir un monsieur qui attendait sous le pont en face du magasin ?

— Ah, mais tout à fait. Il était 18 h 15, juste avant ma pause thé. C'est du reste pour cela que j'ai demandé à Bianca de s'en occuper. Elle est deuxième du magasin, vous savez, très compétente, bien sûr, son « look », comme on dit maintenant, enfin bref... Quant à moi je suis première...

— Ça ne m'étonne nullement, madame... Qui vous a appelé ?

— Eh bien, la fille de ce monsieur sous le pont. Elle était inquiète parce qu'ils avaient rendez-vous mais qu'elle ne pouvait pas venir et qu'elle avait peur qu'il n'attende trop longtemps, ou qu'il se fasse du souci en ne la voyant pas venir...

— Comment savez-vous qu'il s'agissait de sa fille ?

— Mais parce qu'elle a demandé qu'on aille prévenir son père... Donc, c'était sa fille... C'est logique. Mais vous savez, nous lui avons rendu service parce qu'à ce moment-là nous n'étions pas débordés et qu'elle avait l'air tellement embêtée, sans quoi...

— Oui, bien sûr, mais c'est déjà tellement gentil de votre part. Eh bien, je vous remercie, madame, vous nous avez considérablement aidés.

Mrs ex-Griffiths roucoula de contentement et les regarda partir en jetant de fréquents coups d'œil vers les vendeurs pour être sûre qu'ils n'avaient rien perdu de la scène de sa consécration... Dire qu'elle avait failli envoyer paître la fille en lui disant qu'elle ne tenait pas un bureau de renseignements !

La nouvelle navrait Douglas, mais il tenait à rester courtois en toute circonstance... On ne sait jamais quand on devra réutiliser les gens.

# 21

Douglas et Bo marchaient côte à côte. Lentement. Sans échanger un mot, ni même un regard. C'était pourtant dans ce genre de moment qu'ils communiquaient le mieux, communiaient presque. L'infranchissable barrage des gens qui parlent la même langue sans pourtant la parler de la même façon s'oubliait. Douglas et Bo savaient manier le silence, ce silence plein où s'estompaient la vulgarité de Daisy et le maniérisme verbal de Douglas. C'était l'élégant mutisme de deux pensées différentes qui se rejoignent par des cheminements détournés.

Bo-Daisy n'était pas vraiment déçu que la grosse tourte fardée soit parvenue à disculper Georges, « dear Georges ». Il voyait difficilement ce couilles-molles tuer quelqu'un autrement qu'à travers une OPA. Du reste, il n'essayait même pas de trouver l'identité de l'assassin, il attendait que quelque chose remonte à la surface, d'abord parce que la psychologie n'était pas son boulot, ensuite parce qu'il savait que sa tranquillité d'esprit tenait au fait qu'il ne tentait jamais de suivre les méandres de l'âme d'un assassin intelligent... On se dit toujours à un moment qu'on aurait fait comme lui parce qu'il n'y a que rarement des bons ou des méchants, il y a surtout des opportunités qu'on s'interdit ou qu'on se tolère.

Douglas tentait par tous les moyens de trouver un fil directeur, aussi ténu soit-il, pour échapper à ce sentiment de claustrophobie qui le paralysait depuis le début de cette affaire.

Il avait maintenant la conviction que quelqu'un était parvenu à le faire entrer dans un labyrinthe intellectuel parfaitement agencé dont lui-même, par ses hésitations ou ses décisions, dessinait chaque coude et chaque ligne droite. La moindre de ses tentatives pour démêler l'écheveau était accompagnée par ce « quelqu'un », qui créait un peu plus loin un autre nœud. Cela demandait beaucoup plus d'efforts que de le contrer ouvertement, mais c'était aussi terriblement plus efficace. « On » gagnait un temps précieux.

Ce qui gênait le plus Douglas, c'était la parfaite sincérité de tous. Aucun d'entre eux n'avait cherché à dissimuler que la disparition de Tricia ne laissait pas un grand vide, sauf précisément Georges... Et Roxanna ? Tiens, il l'avait complètement oubliée, celle-là.

Il fallait tout reprendre à zéro. Quelque chose leur avait sûrement échappé, et il commençait à avoir peur.

Ils remontèrent dans la voiture de service, toujours sans un mot, et Douglas prit la direction de Downtown Boston, Washington Street, Cinéma *Paramount*.

## 22

Il se gara, de préférence n'importe où. C'était toujours jouissif de pouvoir emmerder les imbéciles qui cherchaient depuis une heure à se garer convenablement, sous l'œil torve et vigilant des flics. Eux pouvaient bloquer impunément la circulation. Bien sûr, la futilité de ce genre de petites satisfactions n'échappait ni à Douglas, ni même à Bo, mais dans la débâcle présente, ça faisait quand même du bien.

Se tournant vers son coéquipier, il demanda :

— Elle était comment, la nana qui t'a répondu ?

Bo comprit qu'il n'était pas invité, et ne pensa même pas à s'enquérir des raisons qui motivaient cette relégation.

— Oh, jolie... Une petite blonde, un peu dodue mais pas trop.

— Ce ne sera pas long.

Ils sortirent tous les deux de la voiture et Douglas pénétra dans le hall du *Paramount*.

Bo s'adossa un instant à la portière de la voiture, puis se dirigea vers les deux flics montés qui surveillaient en permanence la portion de rue qui regroupait les deux grands magasins les plus chics de la ville. C'étaient rarement les mêmes, mais ils avaient tous l'air issus d'un même clone. Grands, massifs, protégés par un casque de motard, quant aux bourrins, rien à voir avec ces petites choses fines qu'on sélectionne pour les courses et dont on se demande comment leurs jambes peuvent les porter. Non, c'étaient de belles bêtes, lourdes, solides, hautes de garrot et dressées pour savoir charger une foule sans se dérober. Lorsque la journée avait été décidement trop calme, les flics lançaient leurs chevaux dans la rue, chargeant un invisible ennemi, quatre-vingt-dix kilos de fausse rage faisant corps avec plusieurs centaines de kilos de muscles dévoués. C'était un tel spectacle qu'aucun bostonien n'avait encore jamais pensé à porter plainte pour abus policier.

Douglas débusqua sans peine la petite blonde dodue mais pas trop, plongée dans une conversation passionnante avec une de ses copines.

Il se présenta, particulièrement onctueux, et lui expliqua le motif de sa visite. Elle partit d'un grand rire et lui dit :

— Il y a déjà un gorille échappé de chez vous qui est venu m'interroger.

Il se décida pour une tactique à la Edward et la gratifia d'un sourire large et d'un étrécissement de paupières suffisamment évocateur pour qu'elle ait l'impression qu'il venait de lui mettre la main aux fesses.

— Mais moi, je ne suis pas un gorille... Enfin, ça dépend, sauf quand les dames veulent...

Elle gloussa de ravissement : décidément, elle plaisait. Ça la ravissait d'autant plus que sa copine était toujours à côté et que d'une part, c'était pas à elle que le flic s'adressait, et d'autre part elle avait un témoin qui lui permettrait de raconter l'aventure aux autres filles. Décidée à en tirer le maximum, elle se prépara à raconter de nouveau ce qu'elle avait vu en long et en large.

— Eh ben, voilà. Ils sont arrivés en retard... Deux types, assez bien habillés. Y en a un, je me souviens pas du tout à quoi il ressemblait, mais l'autre c'était un beau blond, grand, les yeux très bleus et vraiment chic... C'est du reste pour ça que j'ai un peu plaisanté avec lui, parce que sans ça, moi vous savez, le genre de type qui se permettent de vous aborder et de vous dire des choses, enfin vous voyez lesquelles, ce genre de type j'en ai quinze à la douzaine et je les remets à leur place.

Elle s'interrompit quelques secondes pour voir l'effet produit et surtout pour être certaine que sa copine avait bien enregistré que ce n'étaient pas les occasions qui lui manquaient.

Le regard intéressé et approbateur de Douglas la convainquit qu'elle pouvait poursuivre.

— Donc, c'était un type très bien habillé, mais dans le genre cher et classe. Remarquez, pas fier pour deux sous quand même. Lorsque je lui ai dit qu'ils ne pouvaient pas rentrer parce que la séance avait commencé et qu'ils allaient embêter tout le monde, il a souri et m'a demandé comment une jolie fille comme moi pouvait être aussi méchante avec un pauvre garçon comme lui... C'était une blague, bien sûr, parce qu'il avait pas l'air triste. Et puis on a un peu rigolé parce qu'il trouvait que j'étais mieux fichue que l'actrice de *Flashdance*... C'était un peu de la flatterie, remarquez...

Douglas se sentit contraint de détailler la silhouette de la fille en n'ayant pas l'air de trouver qu'il s'agissait, en effet, d'une monstrueuse flatterie.

— ... En fin de compte, j'ai cédé, je les ai laissés passer et ils ont promis de ne pas faire de bruit.

— Et vous les avez vus ressortir ?

— Oh, oui... Le blond m'a fait un petit signe en sortant...

— Après le film ?

— Oui.

— Dites-moi, pendant la séance, vous restez dans le hall ?

— ... ?

— Je veux dire, est-ce que quelqu'un peut sortir, puis réintégrer la salle sans que vous le voyiez ?

— Non, mais dites donc... Pour qui vous me prenez, je fais mon travail correctement, moi !

Sentant qu'il était en train de prendre un mauvais chemin, il fit machine arrière.

— Mais ça se voit tout de suite que vous êtes une jeune femme sérieuse... En plus d'être charmante.

Voilà qui ne la convainquit pas tout à fait, et avec un petit air rusé elle demanda :

— Et puis d'abord qu'est-ce qu'ils ont fait, ces deux types ?

Sentant qu'elle en était au stade où elle lui préférerait le joli blond, il éclata de rire :

— Rien du tout, justement. Et je veux éviter qu'on embête un de nos meilleurs chirurgiens et un jeune homme de la bonne société.

— C'était le blond, le chirurgien ?

Elle demanda cela d'un ton plein d'espoir. Même si elle ne devait jamais le revoir, l'idée de s'être fait charmer par un médecin ou un commandant de bord la bouleversait. Douglas mentit :

— Oui, dites-moi, vous avez du succès...

Elle chavirait, il reprit le dessus.

— Je ne quitte pas le hall pendant toute la projection. C'est pour éviter les resquilleurs. Et puis d'abord, ils n'ont pas pu quitter la salle...

Elle laissa sa phrase en suspens, histoire de se ménager un petit effet dramatique.

— Ah oui, et pourquoi ça ?

— Et bien parce que nous avons eu un incident imprévu. La bande son s'est décalée, les gens ont commencé à rouspéter et on a rallumé les lumières le temps de réparer. Dans ces cas-là, je dois prendre mon panier et proposer des glaces ou du pop corn. Ça évite que les gens s'énervent trop... Eh bien, le blond m'a vue et il m'a appelée. Son copain n'était pas à côté de lui mais il m'a acheté deux glaces parce qu'il était aux toilettes.

— Et comment savez-vous qu'il était bien aux toilettes ? Il aurait pu sortir par la porte de secours ?

— Sûrement pas ! D'abord le blond a acheté deux glaces et ensuite il y avait toujours l'imper de l'autre sur le siège. Et je vous rappelle que ce jour-là il pleuvait à verse. Il n'aurait pas risqué de gâcher ses vêtements. Et en plus la porte de secours ne s'ouvre pas de l'extérieur, donc il aurait pas pu re-rentrer...

Elle était satisfaite de sa démonstration. Douglas aussi, mais pas pour les mêmes raisons. Il ne lui était pas venu à l'idée que son grand joli blond avait pu aider son pote à « re-rentrer ».

— Oui, évidemment. Et ça c'est passé vers quelle heure, cet incident ?

— Oh, je ne sais pas bien... Au moment où le patron de l'usine, qui par ailleurs est un très beau garçon, à tel point que l'héroïne est vachement surprise d'apprendre que c'est son big boss, donc c'était au moment où il arrive à l'inviter au restaurant, mais un restaurant super-chic.

Douglas se promit de vérifier à quel moment du film se déroulait cette scène particulièrement novatrice.

— Eh bien je vous remercie beaucoup, miss, c'était très instructif.

Il lui serra gentiment la main et s'apprêtait à sortir lorsqu'elle le rappela.

— Je peux vous demander quelque chose ?

— Mais je vous en prie.

— C'est quoi son prénom, au blond ?

— Edward.

— Merci.

Douglas sortit, surpris que cette petite bécasse ait pu l'émouvoir. C'est important le nom de quelqu'un, quand on veut rêver... Ça confère cette parcelle de vérité et d'épaisseur aux fables qui aident à vivre les ouvreuses, et même les flics.

## 23

*Mieux vaut éteindre cette dévastante stupidité télévisuelle... Clichés, que de clichés ! Le plus étonnant c'est que ça prenne encore... Tendre la main vers la télécommande. Un beau brun ténébreux et suant, planqué quelque part au Mexique... Bien sûr, il fait chaud, très chaud, bien sûr, les pales d'un ventilateur brassent, à peine, mais bruyamment, l'air, bien sûr la sueur du beau brun dégouline de son front inquiet vers le col un peu crade de sa chemise. C'est presque gratifiant, cette succession de lieux communs, on a l'impression d'avoir écrit le script. Une sublime mexicaine, affolée, mais probablement fatale aussi, entre, façon : « Je suis un grand fauve sensuel »... Navrant, mais après tout peut-être réaliste, la vie fait rarement preuve d'innovation, contrairement à ce qu'on se plaît à croire.*

*Bien sûr, il faudra rester prudent encore pas mal de temps... Mais quel bel enterrement, ça, on n'a pas triché avec la bonne société bostonienne...*

*Quelle pouffiasse, quand même... Elle aura emmerdé tout le monde jusqu'au bout !*

*Toutes ces simagrées, et ces vieilles peaux qui reniflaient dans leur vison sauvage au cimetière.*

*Il a fallu y aller de sa petite larme et d'une petite pâleur de circonstance... Et cet office qui n'en finissait pas, bien sûr on avait choisi la version la plus chère, donc la plus longue... Encore bien une idée tordue de cette conne de se convertir au catholicisme, comme si elle s'était jamais posé des questions sur Dieu... Oh, non, c'était rien que pour embêter le monde, les offices protestants sont sobres et surtout brefs.*

*Et en plus, il pleuvait... Il pleut toujours dans cette ville, de toute façon, principalement quand on ne peut pas se mettre à l'abri. Et l'autre gourde qui sanglotait sur n'importe quelle épaule pourvu qu'elle soit à hauteur... Consternant et ennuyeux au possible, cliché ! Parce qu'après tout, ils sont, nous sommes tous, débarrassés d'une véritable engeance. Vraiment, c'était une excellente chose de la tuer !*

# 24

Finalement, cette journée qui devait enrichir la longue liste de ses échecs se terminait plutôt bien. Les suppositions de Bo étaient exactes : Samuel avait eu le temps de sortir, et Douglas était convaincu que le visionnage du film démontrerait que son soi-disant gros pipi coïncidait avec la fourchette de temps donnée par le légiste.

Il repêcha Daisy en grande conversation avec les deux flics qui n'avaient pas démonté. Ils se turent lorsqu'il arriva à leur hauteur, mais l'œil allumé de Bo et les trognes ravies des deux autres prouvaient qu'ils échangeaient des anectodes de poulailler ou qu'ils commentaient le cul des filles qui passaient.

On échangea des saluts cordiaux mais respectueux des grades, et Douglas, flanqué de son bulldozer, remonta dans la voiture. Il savoura un instant les klaxons hargneux des automobilistes qui espéraient qu'ils allaient enfin redémarrer, et se tourna vers son coéquipier.

— Tu avais raison, Bernstein est probablement sorti de la salle par-derrière, pendant la projection.

— Comment vous le savez ?

— C'est l'ouvreuse qui me l'a dit.

Il n'y avait pas la moindre trace de reproche dans l'esprit de Douglas, parce qu'il savait que Bo était Bo, que c'était aussi bien comme cela, sans quoi sa fonction à lui cessait d'avoir de l'importance. Ils formaient malgré tout un bon couple.

— Il va falloir jouer serré... Il est malin, et dans son genre c'est un tordu.

— Ouais... Moi, je lui trouve quelque chose à ce type... Et puis d'abord, un médecin qui donne un peu de son temps au Charity Hospital, ça peut pas vraiment être un pourri.

— Raisonnement facile... C'est une façon bien commode de se donner bonne conscience. Quelques heures pour les pauvres quand on palpe le genre de fric qu'il doit se faire en rabotant le nez des bonnes femmes, c'est à la portée de tout le monde.

Le regard profond de Bo-Daisy le gêna soudain... Et lui, le petit Douglas, est-ce qu'il aurait donné une petite demi-heure de ce précieux temps libre qu'il cherchait à tuer ? Et pourtant, comme Samuel, il aurait voulu offrir de lui de façon si discrète que tout le monde l'aurait unanimement vantée.

Mais il y avait cette indécrottable flemme, cette inusable négligence, bref, il y avait Morrington Jr, qui résistait à Douglas.

Il démarra avec nervosité et se dirigea vers Beacon. Bande de trous du cul. Il allait leur faire la peau.

Roxanna leur ouvrit. Il la pria de les annoncer. Elle revint quelques minutes plus tard avec un drôle d'air, à la fois satisfait et gêné.

— Monsieur dîne avec son fils et miss Mélanie. Miss Mélanie vous demande de repasser, mais de prévenir avant. Mieux, si vous préférez, vous pouvez venir demain vers 18 heures, toute la famille sera réunie à l'exception de miss Margaret, qui golfe en Floride. Miss Mélanie a ajouté que toute insistance de votre part relèverait d'une persécution policière et qu'elle se verrait dans l'obligation de le signaler... Tout le monde s'est montré très coopératif, mais trouve que vous outrepassez vos droits.

Sa leçon récitée, elle baissa la tête et referma la porte.

Douglas sentit le sang se retirer de son visage, et une espèce de boule hérissée lui monter dans la gorge. Salope de rouquine, pour qui se prenait-elle ! Outrepasser ses droits, bien sûr qu'il les outrepassait, et alors ? Et il se faisait jeter dehors comme un malpropre par une domestique que la chose amusait visiblement... et devant Bo-Daisy, qui n'allait pas se gêner pour répandre la déconfiture du beau Douglas, qui voulait tellement frimer avec les riches et qu'on envoyait coucher à la niche.

Il avait tort... Bo aurait volontiers défoncé, d'abord la porte, puis la tronche de « dear Georges », parce que c'était pas un escroc qui allait le snober !

Toute une partie des théories chères à Douglas venait de s'effondrer... Il comprit soudain la phrase que lui répétait sa mère, et qu'il avait jusque-là traité d'aphorisme bébête : « Tu verras, un pauvre reste toujours un pauvre, même s'il devient riche, parce qu'il y a toujours quelqu'un ou quelque chose pour le lui rappeler. » Douglas conservait toujours les sachets de thé dans une soucoupe pour une deuxième tasse. L'avoir vu faire chez tous les Barton-Smithtown qu'il avait rencontrés l'avait rassuré, seulement voilà, chez eux ce n'était pas un souvenir des règles d'économie ménagère, c'était de l'avarice, et là se trouvait la différence irrattrapable entre leurs deux mondes : l'obligation versus le choix.

Pour n'avoir pas pu leur ressembler, il commença à les détester.

Il ne dupait que lui et ceux du Bas... Les Barton-Smithtown commentaient peut-être en ce moment son échec, peut-être même tout le monde s'était-il toujours moqué de lui... Il avait de nouveau cinq ans, et une déchirure en haut de son pantalon. Sa mère n'avait pas eu le temps de la repriser, de toute façon elle ne savait pas coudre, et il n'était pas question d'acheter un autre pantalon d'hiver. Il se promenait avec sa main plaquée sur l'accroc et tirant le bras parce que le trou était situé en haut du genou. Inconscient du drame qu'il allait provoquer, l'instituteur avait demandé gentiment s'il mimait un gorille. Un petit garçon bien habillé avait hurlé du fond de la classe : « Mais non, il a un trou et un seul pantalon et il croit qu'on le sait pas... » La classe entière avait éclaté de rire, il avait fondu en larmes et ça n'avait fait que redoubler leur hilarité. Même le prof avait fini par rire, pas méchamment sûrement, mais ignorant de ce que les plaies des enfants font les bleus des adultes. Il sentit les larmes lui brûler les yeux. Finalement, il était entré dans la police pour pouvoir punir ou terroriser ceux qui se moqueraient de ses trous, et c'était précisément cela son échec.

Il s'aperçut seulement à ce moment-là que ses jambes tremblaient. Au prix d'un effort surhumain, il se tourna vers Daisy, et essaya de s'exprimer d'une voix normale.

— Bon, eh bien, nous allons voir qui rigolera le dernier, n'est-ce pas, mon vieux ?

Cette soudaine familiarité déçut Bo. Il n'aurait jamais cru Douglas si affecté par ce camouflet.

— Ouais, reste plus qu'à espérer que ce soit nous.

— Je crois qu'il vaut mieux rentrer... On les coincera demain.

— Ouais... Elle a plus de nerf que vous pensiez, la vieille carne, hein... Ou alors peut-être que vous l'avez pas bien fait mijoter...

Comme une meute de loups... L'espèce humaine obéissait finalement aux mêmes lois, mais plus sournoisement. Il suffisait de montrer une faiblesse ou une faille jusque-là dissimulée pour que les autres fauves se jettent à la curée et vous dépècent comme une proie.

Parce que la boule l'étouffait toujours mais qu'il fallait se défendre tout de suite, il se força à produire un cinglant : « Ma pauvre pâquerette ! » en espérant que Bo serait plus convaincu que lui.

# 25

Il avait assez joué au con, mais décida que le mieux était de prétendre le contraire. Sa rage masochiste de la veille avait laissé place à une colère froide qu'il cultivait depuis le matin en se ressassant la gifle reçue, parce qu'il savait que ce genre d'émotions le rendait teigneux et perfide. Il en voulait surtout à Roxanna, et il n'allait pas la rater. Cette idiote n'avait pas compris que ça n'était pas parce qu'on le mettait avec elle dans le panier des serviteurs qu'elle en sortirait grandie... Ce en quoi il se trompait, car Roxanna, elle, avait depuis longtemps appris à mépriser tous les Barton-Smithtown chez qui elle avait travaillé.

Toujours flanqué de Bo, il pénétra donc dans la maison de Garden Street à 18 heures précises.

Ils trouvèrent en effet la famille réunie pour l'apéritif à l'étage.

On ne leur proposa rien, ce qui désola Bo qui s'en serait bien jeté un petit derrière la cravate, et satisfit Douglas comme une promotion. Il n'était plus cordialement invité, il était supporté, et donc peut-être un peu craint, ce qui du coup expliquait le changement d'attitude de Mélanie, et anesthésiait un peu la douleur.

Après les courtoisies d'usage, il attaqua Georges bille en tête :

— Qu'est-ce que c'est que cette histoire de rendez-vous sous le pont de Waterford, Mr Barton-Smithtown ?

Avant même que Georges n'ait eu le temps d'ouvrir la bouche, Mélanie lança :

— J'ai l'impression, inspecteur, que vous nous considérez tous comme des coupables potentiels... Si tel est le cas, je crois bon de vous signaler que vous adoptez une procédure assez inhabituelle...

Samuel lui coupa doucement la parole :

— Laisse, Mélanie, ça n'a aucune importance, n'est-ce pas ? Personne n'est coupable et nous n'avons donc rien à craindre. Autant répondre à l'inspecteur.

— Votre beau-frère a raison, miss... Il est de bon conseil. Vous ne manquez pas de savoir que si j'adoptais la procédure usuelle, l'assistant du District Attorney serait déjà sur l'affaire... Avec toute la fâcheuse publicité, inévitable dans ce genre d'histoire, qui en rejaillirait sur vous.

En réalité, il avait un peu peur de jouer le rôle de la tranche de jambon entre le pouvoir financier et le pouvoir politique. Les éléments qu'il possédait contre les Barton-Smithtown se résumaient à une filandreuse histoire d'instinct et de flair, et si cela peut avoir du poids contre n'importe quel quidam, il n'en va pas de même lorsqu'on s'attaque à des Barton-Smithtown. Toutefois, la peur du scandale était-elle la seule raison qui puisse expliquer l'esprit de coopération de Samuel ?

Georges haussa élégamment un sourcil viril et commença :

— Eh bien, mais je vous l'ai déjà expliqué. Ma secrétaire m'a dit que mon fils et le Dr Bernstein étaient en panne sous le pont et qu'ils ne parvenaient pas à se faire remorquer. J'y suis donc parti et je n'ai vu personne. Avez-vous trouvé quelqu'un pour le confirmer ?

À regret, Douglas acquiesça.

— Vers quelle heure avez-vous téléphoné à votre père, Mr Barton-Smithtown ?

Edward ouvrit la bouche, puis la referma, et regarda son beau-frère, qui eut un petit mouvement d'épaules résigné.

— Je n'ai pas téléphoné à mon père. Du reste, je l'appelle rarement, et il ne me viendrait pas à l'idée de le déranger pour des problèmes de mécanique, puisqu'il n'y connaît pas grand-chose, comme moi du reste.

Un silence pesant s'établit.

— Nous avons vérifié, Mr Barton-Smithtown. La secrétaire confirme vous avoir répondu en l'absence de votre père et le personnel du magasin qui est situé en face du pont se souvient y avoir vu votre père ce vendredi-là.

— La secrétaire a dû confirmer que quelqu'un avait téléphoné et que ce quelqu'un avait donné mon nom. Du reste, je ne lui ai pas parlé plus de trois fois depuis qu'elle travaille pour mon père, et je ne vois pas comment elle aurait pu reconnaître ma voix.

Georges, « dear Georges », sentit le moment venu de reprendre le combat.

— Mais il a raison... Qu'est-ce que c'est que cette histoire ? C'est une plaisanterie ?

— Une plaisanterie de très bon goût, Mr Barton-Smithtown, puisqu'elle a permis, d'une part de vous écarter de la maison au moment où l'on tuait votre femme...

Tous le trouvèrent d'une vulgarité folle.

— ... Et d'autre part de vous fournir un alibi en acier. Une femme, se faisant elle aussi passer pour votre fille, je suppose, a très obligeamment téléphoné au magasin pour être sûre que deux ou trois personnes pourraient témoigner vous avoir vu à près de cent kilomètres de Boston au moment crucial.

Il se tourna vers Gayle-Ann, qui suivait attentivement ses paroles, et lui demanda :

— Car vous n'avez jamais téléphoné, n'est-ce pas ?

— Non.

C'était laconique et précis, et il était sûr qu'elle disait la vérité, intuitivement, parce que ce genre de femmes ne ment pas, mais aussi parce qu'elle était intelligente et qu'elle savait qu'il pourrait contrôler tous les appels qu'elle avait donnés de son bureau. Bell Telephone fait bien les choses.

— Que voilà un assassin prévenant...

On le trouva franchement détestable.

Douglas put enfin se consacrer à sa proie. Cela le démangeait depuis le début, et il avait dû se faire violence pour commencer par ce cher Georges.

— Je suis très embêté, Dr Berstein...

Il espérait l'inquiéter, fut déçu, et reprit :

— Nous sommes tombés, tout à fait par hasard, sur un détail troublant concernant votre alibi.

La Langouste le regarda avec un intérêt poli.

— Vraiment ?

— Oui. Il semble que vous vous soyez absenté de la salle de cinéma vers 17 heures, au moment de la grande scène du restaurant. Manque de chance, il y a eu un problème de son juste à ce moment-là, et l'ouvreuse est entrée avec son panier.

Edward lança :

— Ah oui, je me souviens, il était à la salle de bains... du reste sa glace avait presque fondu quand il est revenu.

Car on ne disait ni « cabinets » ni « toilettes » ni « gogues » chez les Barton-Smithtown. Non, on se rendait à la salle de bains, même si ce qui y tombait avait la même couleur et sentait aussi mauvais qu'ailleurs.

Samuel passa d'un moment de perplexité à la lumière :

— Ah, oui, en effet, je me souviens.

— Vous étiez donc aux toilettes ?

— Oui.

— Quelqu'un pourra-t-il le confirmer ?

— Mon cher inspecteur, il m'arrive rarement

d'entraîner d'autres messieurs aux toilettes quand je m'y rends.

Même Georges se permit un gloussement. Douglas, au bord de l'exaspération, tenta de reprendre le dessus :

— C'est que vous avez très bien pu sortir par la porte de secours, vous précipiter ici et... retourner au cinéma avant la fin du film.

— Attendez, si je comprends bien, vous êtes en train de m'accuser d'avoir tué ma belle-mère ? Et à votre avis, comment aurais-je fait pour rentrer dans le cinéma sans être vu par l'ouvreuse... Si je ne m'abuse, toutes les issues de secours dans ce genre d'endroit ne peuvent s'ouvrir que de l'intérieur, pour éviter la resquille... Vous suggérez donc une complicité dans le cinéma ?

Le salopard ! Il venait d'entraîner Douglas sur un terrain miné, et il le savait. Georges, « dear Georges », accepterait sûrement, et même aimerait peut-être l'idée que son... beau-fils, ait buté sa femme, mais si on en venait à accuser son fils, ça risquait d'être une autre paire de manches. Bo agita son gros derrière sur son fauteuil, histoire de bien montrer à Douglas qu'ils allaient en prendre plein la gueule.

— Inspecteur ?

— Il n'en demeure pas moins qu'il y a un vide curieux dans votre alibi, et qu'il correspond précisément à la fourchette de temps qui nous intéresse, bougonna Douglas, pas trop fort quand même.

Un petit mouvement entrevu du coin de l'œil le sauva du désastre. Roxanna s'ingéniait à se fondre dans le décor jusqu'à ressembler à une gravure d'avant la guerre de Sécession. Elle allait tout payer en bloc, celle-là, sa suffisance d'hier et le fait qu'il ne parvienne pas à faire la peau de La Langouste pour l'instant.

Il se tourna vers elle et, suave, attaqua :

— Et vous, madame ? Jusque-là vous avez été si

discrète que nous vous avions presque oubliée. Je suis sûr que vous avez des choses intéressantes à nous raconter... Oh, je vous en prie ! Nous savons tous à quel point cette mort vous désespère, mais si vous ne parvenez pas à maîtriser très rapidement votre énorme chagrin, nous allons perdre énormément de temps.

Cette sortie coupa net le joli ululement que le gosier de Roxanna s'apprêtait à répandre dans la pièce. Roxanna, qui ne se sentait plus suffisamment payée pour jouer les gourdes, regarda Douglas droit dans les yeux, finalement assez amusée. Elle aurait nettement préféré rester en dehors de leurs histoires mais, perdu pour perdu, elle allait en profiter. D'une voix calme et intelligente qui les surprit tous, parce qu'ils l'entendaient pour la première fois, sauf peut-être Samuel, elle se lança :

— Non, je n'ai rien de très intéressant à dire. J'ai quitté mon autre place dans Massachusetts Avenue à 17 heures précises, et j'ai flâné jusqu'ici. Je suis arrivée avec dix minutes de retard, à 18 h 10...

Un lent sourire éclaira son visage de poupée dodue, elle s'interrompit quelques secondes, prit une grande inspiration et se paya le rêve d'une vie.

— ... Parce que ça faisait dix minutes de rabiot volées à cette grosse pouffiasse. Vous ne pouvez pas vous imaginer quelle garce c'était, inspecteur... Elle en voulait à la terre entière.

Bo cessa de se curer le nez et se dit que c'était décidément une femme selon son cœur, Gayle-Ann se mordit les lèvres, pour ne pas éclater de rire ou pour éviter de la gifler, et La Langouste ferma les paupières.

Georges, « dear Georges », tenta d'ouvrir la bouche mais Roxanna le fit taire d'un geste péremptoire, bien décidée à vider ce qu'elle gardait sur le cœur depuis si longtemps.

— Vous ne pouvez pas savoir toutes les saloperies qu'elle m'a fait endurer depuis deux ans, et j'espère de tout mon cœur que vous ne retrouverez jamais celui qui lui a enfin réglé son compte, parce que c'est un bienfaiteur de l'humanité !

Douglas essaya désespérément de rappeler à son souvenir les derniers instants de souffrance insoutenable de sa mère pour conserver son sérieux. C'était bien sûr d'un goût désastreux, mais en général ça marchait. Georges, « dear Georges », avait dépassé le stade de la consternation, et tentait vainement de se convaincre que tout ceci se passait bien chez lui, Edward s'enfonçait de plus en plus dans son fauteuil comme sous l'effet d'un soudain changement de gravité. Les bruits de déglutition pénibles de Gayle-Ann prenaient une ampleur inquiétante, et Mélanie semblait se perdre dans un univers privé très loin d'ici.

La Langouste ouvrit d'abord une paupière, puis la deuxième, et ronronna comme un chat adipeux qu'on gratterait sous le menton :

— Ma chère Roxanna, si vous n'aviez pas déjà des petits-enfants et si je n'étais un homme heureusement marié, je crois bien que je vous épouserais sur-le-champ.

— Oh, je vous aime bien, moi aussi, Mr Samuel, roucoula-t-elle avec cet inimitable accent forgé dans les bayous.

Mais elle n'avait pas fini, oh ça non. Regardant d'un air écrasant de supériorité les deux policiers, elle poursuivit ;

— D'abord, je trouve que vous faites bien mal votre boulot, tous les deux... C'est vrai, vous ne m'avez encore jamais interrogée, et vous avez eu tort, ça vous aurait épargné bien de la peine, et peut-être pas mal de bêtises.

À cet instant précis, Douglas sentit les poils de sa colonne vertébrale se hérisser jusqu'à la nuque. Quelque chose allait lui tomber sur le coin de la gueule, qui ne serait sûrement pas à son avantage.

— Oui, toutes vos âneries sur ce pauvre Mr Samuel, c'est malheureux quand même. Il n'a pas pu tuer la peste à 17 heures puisqu'elle était encore vivante à 18 h 10.

— Je vous demande pardon ?

Ça n'était pas vraiment brillant, mais ce fut tout ce qu'il parvint à prononcer.

— Absolument, un livreur est venu déposer des fleurs pour son anniversaire, et c'est elle-même qui est allée ouvrir la porte... Même que j'ai cru que c'était de la part de son amant, ajouta-t-elle perfide au profit de Georges, qui de toute façon, avait depuis longtemps perdu pied.

— Un livreur de chez qui ?

— De *Flower Galore,* juste au coin.

Il y a comme cela des moments où l'on se demande pourquoi les choses en sont arrivées à ce point. Pourquoi n'avait-il jamais interrogé cette garce, qui savait très bien que les informations qu'elle possédait étaient fondamentales ? Simplement parce que ses geignardises l'exaspéraient !

Son incapacité l'insupportait, et il ne pouvait même pas se retourner contre Bo parce que ce n'était pas à lui de mener l'enquête.

— Vous êtes sûre qu'elle est descendue ?

— J'étais à l'entrée de la cuisine, elle devant la porte, trois mètres au plus...

— Vous savez que nous allons vérifier. Le faux témoignage est terriblement puni dans ce pays et...

Mélanie, qui rongeait son frein, chargea :

— C'est de l'intimidation de témoin, inspecteur ! C'est curieux, il n'y a que la parole de Roxanna que vous mettiez en doute...

— Il ne m'intimidera pas parce que je dis la vérité, et je le jure devant le Seigneur tout-puissant.

Elle regarda Douglas, prête à l'affrontement, mais il comprit qu'il valait mieux fermer sa gueule pour le moment.

La puissance est agréable surtout quand on n'en a jamais eu l'habitude. Elle éclata de rire et descendit l'escalier pour regagner sa cuisine en secouant son tablier... Enfin comblée, enfin vengée.

— Ça, c'est ce qu'on appelle une merde totale, n'est-ce pas, inspecteur ?

Samuel était ravi.

— Mon cher Samuel, je m'étonne...

Pour une fois, celui-ci coupa la parole à son beau-père.

— Mais il n'y a plus que vous pour vous étonner, mon pauvre Georges.

Douglas tournait en rond dans sa tête à toute vitesse. Quelque chose n'allait pas, ou alors il s'était planté depuis le début, et ce n'était pas un sentiment gratifiant. Bien sûr, il avait passé outre les hésitations du médecin légiste quant à l'heure de la mort de Tricia Barton-Smithtown. Pourquoi ? Parce que c'était plus facile, ou parce que cela lui permettait d'encadrer Samuel ? Et si justement Samuel était innocent ? Si toute son attitude subtilement trouble n'avait en fait visé qu'à protéger quelqu'un en attirant les soupçons sur lui ? Qui, Gayle-Ann ? Non, Douglas ne le croyait pas. D'abord parce qu'une femme comme elle, si elle tue, tue sans détours puis appelle la police, ensuite parce que son alibi tenait jusqu'à 19 heures, et que le corps de Tricia avait été découvert un peu plus tôt. Samuel et Edward avaient à ce moment-là un de ces alibis qui font le rêve de tout assassin, Georges, « dear Georges », était coincé dans les encombrements, et miss Margaret déjà fin ronde entretenait sa cuite avec une copine. Restait Roxanna, bien sûr, mais il voulait bien se faire pasteur si c'était elle, et... la jolie rouquine qui décidément n'avait toujours pas d'alibi pour la période cruciale...

Interrompant les deux autres imbéciles qui étaient toujours en train de laver leurs caleçons sales en public, il apostropha Mélanie d'un ton méchant.

— Mais dites-moi, mon cher maître, vous êtes toujours dans le rouge ?

Mélanie, plongée dans la bagarre verbale qui venait de se tarir en plein milieu d'une phrase, le regarda, faisant un effort visible pour comprendre le sens de ses paroles.

— Euh, oui... Ah, vous voulez dire que je n'ai toujours pas d'alibi ?

— Oui...

— Eh bien, non... Ah mais si, attendez. J'avais rendez-vous à 18 h 30 avec un groupe d'amis avocats dans une brasserie allemande de Harvard Square. À l'opposé de la ville. Je suis sortie du palais à 18 heures, évidemment très en retard, et j'ai repris la voiture, c'était idiot parce que je me suis fait coincer dans les embouteillages. J'ai commencé à m'énerver, tant et si bien qu'en voulant me dégager à toute force, j'ai percuté l'aile d'un autre véhicule... Je l'ai même pas mal amoché... Le conducteur n'était pas particulièrement ravi, et nous avons fait un constat... Il devait être 18 h 20 et...

— Mais tu m'as dit que quelqu'un t'avait enfoncé l'aile alors que la voiture était garée et qu'il n'avait pas laissé sa carte...

— Ce n'était pas la peine que je te dise la vérité, tu répètes suffisamment que je conduis comme un pied...

Ils étaient trop mignons tous les deux... Douglas interrompit cette charmante scène de ménage, dont il se demandait si elle était ou non convenue.

— Et ce constat ?

— Eh bien, je l'ai immédiatement envoyé à ma compagnie d'assurances, vous pouvez le vérifier. Remarquez, je peux vous en faire parvenir une photocopie, je garde toujours un double de tout, déformation professionnelle, sans doute.

Elle devait dire la vérité. Il vérifierait, bien sûr, mais il savait déjà que cet accident constituerait une autre des pièces bien ajustées du merveilleux puzzle qu'on était en train de lui servir.

Comme si elle avait pu suivre le cheminement de ses pensées, Mélanie poursuivit :

— Je suis assurée à la *Security Prudential*, téléphonez-leur.

— Je n'y manquerai pas.

C'était vraiment pour dire quelque chose. Il était comme en état de choc, comme après une grande peur ou un accident. Des embryons d'idées lui traversaient l'esprit sans qu'il parvienne à les suivre, ni même à savoir quel était leur intérêt et leur rapport avec l'enquête : c'est vrai qu'il devait acheter des sparadraps, que Bo sentait la vieille transpiration et que quelqu'un dans cette maison se payait sa tête depuis un bon moment. Mais ces choses sans suite avaient le même poids, pas une ne parvenait à émerger suffisamment pour mériter une structure ou une construction. Quelle immense fatigue, une fatigue dont on ne percevait plus ni l'origine ni la solution. Dire qu'il allait falloir rentrer, manger, s'occuper de Charles et se coucher. Dire qu'il allait falloir dormir alors que cela demandait un tel effort, un effort pour éliminer les sparadraps et les odeurs rances de Bo et puis aussi cette défaite.

Il se leva d'un coup pour éviter ce glissement intérieur qu'il ne contrôlait plus.

— Nous allons devoir vérifier certains points, bien sûr. Je vous recontacterai.

# 26

Bo et Douglas s'attelèrent à la tâche dès le lendemain matin. Il fallut à peine une heure pour vérifier les affirmations de Mélanie. Elle avait effectivement reçu une cliente accusée d'avoir salement amoché sa belle-sœur. Une sordide histoire d'inceste frère-sœur qui durait depuis vingt ans. Douglas était convaincu que la rouquine se défendrait comme une diablesse, c'est toujours sale les histoires d'inceste — même si les protagonistes sont consentants —, peut-être parce que ça se rapporte traditionnellement aux petites filles et que ça donne envie de gerber.

L'avocat avait ensuite percuté l'aile de la Chevrolet d'un certain Franck Geer, et le constat signalait l'heure de l'accident à 18 h 20. Douglas, se faisant passer pour un scribouillard obtus de la *Prudential,* avait téléphoné à Mr Geer, qui avait confirmé avoir été embouti par une petite dame rousse drôlement pressée à l'heure dite, le jour dit. Enfin, l'épisode de la brasserie allemande d'Harvard Square avait été confirmé par un bataillon d'avocats et de magistrats qu'on ne pouvait pas accuser de faux témoignage, même avec un prix de groupe. Douglas apprit à l'occasion que la crème des crèmes du barreau de Boston se réunissait hebdomadairement dans cette brasserie pour se calmer les nerfs « très informel, mon cher, mais toujours enrichissant ». Ça lui fit bien plaisir. Douglas téléphona ensuite à l'étude de

Mélanie pour lui apprendre que son « emploi du temps », pour ne pas dire alibi, avait été confirmé par des témoins dignes de foi. Il ne l'appelait pas vraiment par courtoisie, mais surtout parce que quelque chose dans l'attitude de la rouquine le chiffonnait depuis un moment sans qu'il puisse exactement dire quoi. Il donna l'écouteur à Daisy.

Mélanie était ravie, c'était évident au son légèrement plus aigu de sa voix.

Douglas raccrocha. Bo rongeait consciencieusement les peaux déjà verdâtres qui entouraient son ongle de pouce. Dès qu'il réussissait à en tirer une, il la suçotait puis la recrachait dans la pièce à grand renfort de postillons, et Douglas se disait qu'il n'était vraiment pas assez payé pour supporter ce qu'on lui faisait endurer.

— Vous savez, Morrington, ce qui m'étonne, c'est qu'elle a l'air contente mais pas soulagée. Je sais pas moi, mais si j'étais seul sur la liste des suspects parce que j'ai pas d'alibi et que brusquement on m'en offre un sur un plateau, ça me soulagerait drôlement.

C'était exactement cela : elle était satisfaite comme quelqu'un qui vient de gagner une manche dans un beau match, mais pas du tout comme quelqu'un qui vient de sauver sa peau. Le problème, c'est que les intonations ne constituent ni une preuve ni un indice. D'un autre côté, la faille tant espérée était peut-être là.

Bo-Daisy se leva.

— Au palais de justice, c'est ça ?

— Il y a des moments où je t'épouserais, ma pâquerette.

L'idée n'eut pas l'air de bouleverser le bulldozer, qui se dit que s'il se laissait un jour aller à prendre femme, il la choisirait plus enveloppée et moins chiante que Douglas.

## 27

*Du reste, il suffisait d'élargir la notion de mort, car la mort ne touche que lorsqu'elle est particulière.*

*Il s'y attache alors tout un univers de détails que son spectateur partage avec elle : la position du bras replié d'un enfant tombé au Vietnam, la porte battante d'une maison pillée aux Philippines, la valise éventrée d'une jeune femme brûlée vive... Toutes choses que l'on peut nommer, identifier comme siennes et donc souffrir.*

*Si au lieu de cela, la mort devient globale, donc irréelle et qu'elle rejoigne cet ensemble d'abstractions sur lequel il faut se concentrer pour le rappeler à la mémoire, elle devient concept et on ne souffre pas de ses concepts. On peut s'en prétendre ou même s'en sentir choqué ou bouleversé, mais après tout on ne sent vraiment que ce qu'on sait... Le reste est affaire de théorie, d'histoire et de statistique.*

*Tricia, elle aussi, devait rejoindre la statistique, devenir une anonyme parcelle de cette femme qu'on viole toutes les neuf secondes ou de celle qu'un inconnu trucide toutes les deux heures.*

## 28

L'ancien palais de justice de Boston est une petite merveille de style pompier, ou plutôt une brillante démonstration du kitsch bourgeois à son apogée. Mais c'est tout de même un bien beau monument. Tout y a été conçu pour inspirer la crainte et le respect, depuis l'immense escalier de marbre blanc jusqu'à la coupole à peine arrondie dont on se demande pourquoi elle ne s'est pas encore écroulée. L'enchevêtrement des couloirs et des galeries qui partent dans tous les sens laisse se répercuter à l'infini les bruits de portes ou de pas pressés, tant et si bien qu'on a toujours l'impression de tomber dans une agitation fébrile alors qu'en raison de la taille du bâtiment on croise rarement une âme.

L'inévitable galerie de portraits des grands ancêtres du droit intimidait-elle vraiment les coupables et rassurait-elle les innocents sur la clairvoyance de la justice humaine ? Probablement pas, mais ils étaient tous, selon Daisy, drôlement mignons dans leur hermine amidonnée.

Ils avaient rendez-vous avec maître Holloway-Crampton, un vieux de la vieille qui, disait-on, connaissait le palais de justice et ses habitants comme sa poche. C'était une célébrité, dans son genre, parce qu'il avait fait donner ses lettres de gloire au théâtre dans cet édifice pourtant bien compassé. En quelque sorte le Maria Callas du Glaive et de la Balance. Il avait pour la première fois joué ses plaidoiries, faisant vibrer d'indignation ou sangloter d'émotion des jurés qu'il perdait à plaisir, surtout lorsqu'il n'avait aucun argument légal pour s'en tirer autrement.

D'assez sérieux problèmes de santé l'avaient contraint à la retraite, à soixante-dix ans passés quand même, mais le droit est une drogue dure, et il revenait tous les après-midi s'installer à la bibliothèque du palais pour y poursuivre d'interminables recherches sur l'histoire de la jurisprudence dans l'État du Massachusetts. Il était devenu le conseiller et l'ouvrage de référence de tous les jeunes avocats, n'intervenant, toujours avec plaisir, que lorsqu'on l'interrogeait pour ne pas avoir l'air d'imposer sa grande stature. Et puis, pour Douglas, son importance était double : outre le fait qu'il connaissait tout sur tout, maître Herbert Holloway-Crampton, HHC pour les intimes, avait parrainé l'entrée de la petite Irlandaise dans la Grande Maison.

Ils le débusquèrent sous une montagne d'énormes volumes reliés de cuir, plongé dans une conversation animée avec trois jeunes hommes. HHC sentit leur présence et leva la tête. Les trois jeunes gens eurent la courtoisie de ne pas attendre qu'on leur présentât les deux nouveaux venus et s'éclipsèrent.

— J'aime bien ces jeunes gens... Ils sont à la fois arrogants, convaincus de tout savoir, et si effrayés de leurs lacunes lorsqu'ils les rencontrent ! Mais asseyez-vous, je vous en prie.

Même Bo fut réchauffé par le large sourire et la poignée de main puissante. C'était un homme encore très grand à l'embonpoint seyant et avec un regard si bleu qu'il racontait sans qu'on le lui demande les côtes d'Irlande et les soirées arrosées dans les pubs.

— Vous vouliez me parler de ma filleule, je crois, Mélanie O'Reagan ?

— En effet, j'aimerais que vous nous racontiez un peu ses débuts.

— Mais elle en est encore à ses débuts, non ?

— Oui, enfin, ce que vous savez d'elle.

— Pourquoi ?

— C'est un témoin clef dans une affaire de meurtre, et il me semble toujours important de connaître un peu mieux les gens que je rencontre.

Douglas était impressionné sans être mal à l'aise. Il avait affaire à un vieux routard rusé, et ça n'allait pas être de la tarte.

— Mon cher inspecteur, vous savez que ce n'est pas aux vieux singes qu'on apprend à faire la grimace... ?

Bo, auquel Douglas, avant d'entrer dans le palais, avait intimé l'ordre de se taire et de ne surtout pas intervenir, se décida quand même : ce type lui plaisait bien et on ne traite pas un mec intelligent et futé comme lui comme les autres connards, surtout qu'à la limite il pouvait parfaitement les envoyer paître.

— On croit qu'elle s'est collée dans une sale histoire et on cherche un lien.

Herbert Holloway-Crampton lui adressa son grand sourire plein de vie.

— Ah, voilà qui est déjà mieux. Cette histoire, ce ne serait pas la mort de Mrs Barton-Smithtown ?

— Si, pourquoi ? Vous êtes au courant ?

— Bien sûr, mon cher. Vous savez, à partir d'un certain compte en banque ou d'une certaine notoriété, toute ville devient un vrai mouchoir de poche. J'étais à l'enterrement, comme tout le monde. L'assistant du district attorney aussi, au demeurant, c'était un ancien ami de Mrs Barton-Smithtown, je crois même qu'à une époque il avait été question de mariage entre eux.

» Pour en revenir à Mélanie, je ne vois vraiment pas en quoi cette histoire pourrait la concerner autrement que parce qu'elle fait presque partie de la famille. J'aime bien cette jeune personne, elle est violente et passionnée, mais ça plaît en cour, et après tout, mieux vaut ça que les merlans froids qui plaident parfois. Je crois pourtant que c'est quelqu'un de profondément droit, et puis elle respecte trop son métier pour se mettre un truc louche sur le dos. Mélanie fait partie de cette classe de jeunes avocats, les meilleurs je crois, qui se battent pour que justice soit faite, sans encore admettre qu'un bon dossier vaut souvent mieux qu'un honnête homme. J'étais comme elle, il y a très longtemps, et j'espère qu'elle apprendra que tout ceci est en réalité un jeu, un jeu grave certes, mais un jeu, avec des règles, des perdants et des gagnants. Si elle n'apprend pas elle s'y perdra, sans cela ce sera peut-être notre futur attorney général.

— Elle a déjà plaidé aux assises ?

— Bien sûr. Et elle a déjà gagné deux procès assez spectaculaires, la bougresse. Elle se défend comme si elle était personnellement en cause. C'est ce qui fait la classe d'un avocat. Elle vient juste de faire acquitter une femme qui était accusée d'avoir tué son mari pour protéger son fils. Un très joli coup, d'autant qu'elle plaidait la culpabilité. Mélanie avait bien choisi son jury, presque que des femmes... et quelques jeunes hommes. Il a fallu fournir les kleenex à la fin de sa plaidoirie.

— J'étais sûr qu'elle devait avoir du répondant.

— Oui, un vrai tempérament d'Irlandaise.

— Et l'autre procès ?

Bo demanda cela sans y penser, d'abord parce que le vieux racontait bien, ensuite parce qu'il pleuvait à verse et qu'il se disait qu'avec un peu de chance l'orage allait peut-être décroître.

— Oh, il s'agissait d'une histoire de viol assez révoltante. L'accusé était récidiviste... Les flics le relâchaient à chaque fois, parce qu'il terrorisait ses victimes et qu'elles avaient peur de porter plainte... Les choses ont failli mal tourner quand le type a prétendu avoir déjà eu des rapports sexuels avec la victime peu de temps avant l'agression... J'ai oublié le nom de cette jeune femme, j'ai parfois des trous, l'âge sûrement... Ah si, attendez, elle s'appelait Caroline Newen.

Douglas se dit que s'il conservait la même agilité d'esprit ne serait-ce qu'à soixante ans, il ne serait pas trop mécontent.

— ... Enfin, toujours est-il que c'était un moyen assez efficace de faire pencher les jurés de son côté. C'est très curieux, ces notions sentimentales peuvent toujours faire crouler les édifices intellectuels les plus solides. Le droit est le droit, et un viol quel qu'il soit doit être puni, comme il a été prévu par le code qu'il le soit. Mais il suffit de lancer ce genre d'argument pour faire hésiter les gens... Brusquement, la frêle jeune fille violentée par un pervers devient une traînée, et ça change tout. Mélanie a démontré l'imposture, bien sûr, c'était un truc gros comme une maison. Elle a eu l'intelligence de ne pas essayer de discuter, de ne pas tenter de faire comprendre que même si c'était vrai, ça ne devait rien changer à la peine. Les gens ne sont pas encore prêts pour cela, et on ne change pas une société qui fonctionne sur les mêmes bases depuis des millénaires par l'argumentation... Non, il faut infléchir doucement les habitudes et laisser au public le temps de s'y faire. C'est sûrement moins honnête, mais en tout cas beaucoup plus efficace.

» Elle a donc fait citer la jeune femme à la barre, lui a fait prêter serment et déclarer qu'elle n'avait jamais eu de contacts sexuels volontaires avec l'accusé. Un très joli coup, c'était sa parole à elle contre celle d'un récidiviste. Nous avons même eu droit à une très jolie petite crise de nerfs, quelque chose d'assez discret pour n'être pas défavorable. Je ne sais pas si Mélanie lui avait fait répéter la scène ou si c'était sincère, toujours est-il que tout le monde a marché, même moi. Il a pris quinze ans ferme, et je peux vous dire que c'est un joli succès.

Ils papotèrent encore de choses et d'autres, de

l'histoire, la grande et la petite, du palais de justice. C'était un intarissable et fascinant conteur.

Il leur conta la course poursuite survenue dans les années 1900 entre un célèbre avocat de l'époque, paix à son âme, et sa femme. L'avocat recevait certaines de ses plus jolies clientes dans un bureau magnifiquement aménagé du palais. La présence du canapé profond avait fini par mettre la puce à l'oreille de Madame, d'autant que son mari ne l'avait jamais invitée, elle, à s'y allonger.

Douglas et Bo prirent congé presque à regret. Herbert Holloway-Crampton les raccompagna.

— Je ne crois réellement pas que Mélanie ait quoi que ce soit à voir avec cette histoire... Merci de votre visite, elle m'a replongé dans un passé qui a fait de ma vie quelque chose de pas trop ennuyeux.

Douglas l'envia. Lui ne pourrait probablement jamais en dire autant.

## 29

La pluie persistait, froide, boueuse et piquante, une vraie pluie bostonienne. Bo en avait marre de se faire tremper, parce que c'était toujours lui qui allait chercher la voiture, qui cette fois était garée à plus d'un demi-mile. Le chef, lui, restait frileusement à l'intérieur à l'attendre, des fois qu'il attrape un rhume de croupion ! Ras la caisse, il n'avait qu'à aller la chercher, sa tire pourrie.

— Et si j'allais faire un tour aux archives du palais, on sait pas, des fois que HHC ait oublié quelque chose ?

Douglas, qui n'avait jamais pensé que Daisy pût craindre les rhumatismes, ne trouva pas l'idée trop mauvaise. Curieux, Bo l'avait appelé HHC, et pas le Gros ou le Vieux, ça prouvait qu'il avait été séduit, lui aussi. Et puis qu'il aille farfouiller dans les archives ! Douglas ne croyait pas que ça puisse avoir un quelconque intérêt, si ce n'est celui de lui foutre la paix. Même le silence de son partenaire commençait à lui porter sur les nerfs.

— Si tu veux. On se retrouve plus tard au poste.

Chouette, Douglas allait tremper son beau par-dessus en moitié cashmere ! En le regardant partir, Bo se dit soudain que le père Morrington Jr ne devait pas aller bien : il n'avait même pas ouvert son grand parapluie anglais !

Bo se dirigea vers la loge du concierge et se fit indiquer la salle des archives. En prenant à droite après la grande bibliothèque où HHC devait être plongé dans ses livres, il se dit qu'après tout il ferait aussi bien de retourner papoter avec lui. C'était sûrement plus intéressant que de compulser des vieilleries. Il hésita un moment, eut peur que Douglas ne l'apprenne ; et puis surtout, il s'en voulait un peu. Bon, il avait trouvé un prétexte pour expédier le beau brun sous la flotte, la moindre des choses, c'était quand même d'aller jusqu'au bout du prétexte. Il entra aux archives.

# 30

Douglas s'aperçut qu'il était trempé au moment où il retira machinalement son pardessus pour monter en voiture. Si même le soin méticuleux qu'il prenait toujours de ses vêtements s'évanouissait, c'est que les choses devenaient très graves. Il s'en voulait d'avoir davantage peur d'un échec personnel que de celui de l'enquête. Il déraillait complètement : il se foutait maintenant d'arrêter le coupable pour justifier son salaire ou parce qu'il avait juré de combattre le crime, non, il voulait être le plus fort, mais simplement pour se justifier à ses yeux, pour se dire qu'il n'était pas un raté intégral. Il était lancé dans un match contre lui-même et il fallait qu'il gagne. L'assassin était là, à portée de main et de raisonnement, et il se payait sa tête depuis le début. Ce n'était pas possible. Le meurtre ne pouvait pas avoir été commis après 18 heures, parce qu'à ce moment-là il était impossible faute de meurtrier. Ils avaient tous un alibi en béton, et elle ne s'était pas suicidée, ça il en aurait parié sa paye de l'année. La seule solution, c'était donc qu'on ait payé ou menacé Roxanna pour la faire mentir. Il était 16 h 15, s'il se dépêchait, il avait le temps de la coincer chez les gens chez qui elle travaillait avant de se rendre à Garden Street. Il sortit son agenda. Mrs Baker, Commonwealth Avenue.

Roxanna lui ouvrit elle-même la porte, et son

visage se ferma. Mrs Baker ne rentrait pas avant 19 heures, et ils étaient donc seuls dans l'appartement, sans la présence rassurante de Samuel ni le professionnalisme agressif de Mélanie.

Bien sûr, elle aurait pu le jeter dehors, mais il n'était pas convaincu qu'elle le sache, et il se décida à en profiter. Il attaqua très violemment :

— Je suis certain que vous avez menti. Tout montre que Mrs Barton-Smithtown est morte avant 18 heures, et même l'expertise du légiste le confirme.

Ce n'était pas exactement la vérité, mais tant pis.

Sur le même ton, il lui décrivit comment les choses avaient dû se passer, sans évoquer la possible culpabilité de Samuel ni la probable complicité d'Edward. Elle le regardait, la bouche ouverte.

— En plus, vous mentez probablement pour protéger un assassin, soit parce que vous l'aimez bien et que l'autre était une vraie garce, soit parce que vous avez peur. Mais vous risquez votre peau, parce que dans ces cas-là, l'assassin finit toujours par avoir peur que son complice lâche le morceau, et il tue. Vous savez, c'est le premier meurtre qui est difficile, pas les autres.

Il espérait la terroriser et lui faire perdre pied. Au lieu de cela, elle lui tourna brusquement le dos et regagna la cuisine. Un peu décontenancé, il l'y suivit. Elle retira son tablier, qu'elle plia proprement, et rangea dans un petit sac en plastique, puis enfila son manteau.

— Ça va ? Vous êtes calmé ?

— Quoi ?

— Vous êtes venu en voiture ?

— Euh oui, pourquoi ?

— Eh bien, vous allez m'accompagner à Garden Street, ça m'évitera de marcher.

— Oui, si vous y tenez.

— Mais bien sûr que j'y tiens, mon pote.

L'appellation, qui n'avait rien d'amical, laissa Douglas sans voix.

— Parce que c'est pas le tout d'accuser une honnête femme, faut encore le prouver. Moi aussi, j'ai la télé, et je comprends l'anglais aussi bien que vous. Qu'est-ce que vous croyez, que je descends juste de mon arbre ? Parce que je vais vous dire, même dans les séries les plus débiles, les flics se débrouillent mieux que vous. Allez, on y va.

La situation échappait complètement à Douglas. Mais qu'est-ce qu'ils avaient, tous ? Rien ne marchait comme d'habitude. Tous les vieux trucs qui font habituellement mouche se cassaient les dents sur ces emmerdeurs. Il conduisit jusqu'à Garden Street comme dans un état second, sentant l'agressivité de Roxanna tassée à ses côtés... Mais de l'agressivité teintée de quelque chose qui sentait beaucoup plus mauvais : une espèce de joie animale, comme un chat qui va enfin se faire sa souris.

Ils atteignirent Garden Street, et Douglas se gara convenablement, cette fois, ce qui prouvait qu'il n'était plus lui-même. Il allait se diriger vers la demeure des Barton-Smithtown, mais Roxanna le tira par le bras et descendit la rue. Cinq cents mètres plus loin, elle entra chez un fleuriste en remorquant Douglas.

Ah merde ! Bon sang, c'était pas vrai ! Il n'avait même pas pensé à rendre cette obligatoire visite, tant il était convaincu qu'elle mentait. Roxanna se dirigea d'un pas martial vers la caissière et lui demanda s'ils pouvaient parler au petit jeune homme marrant qui livrait les fleurs dans le quartier. On lui répondit qu'elle avait de la chance, il venait de rentrer de sa tournée.

Rien qu'à la façon dont le jeune homme sourit à Roxanna, Douglas sut qu'elle n'avait pas menti.

— Voilà, ce monsieur ici est de la police et il voudrait savoir si vous avez bien livré des fleurs chez Mrs Barton-Smithtown vendredi, il y a deux semaines de ça ? Attention, il ne croit jamais personne, si vous aviez donc une fiche, ce serait mieux.

Elle se foutait ouvertement de sa gueule, mais après tout, il ne l'avait pas volé, et il commençait même à la trouver sympathique. Il la voyait assez bien lui donnant une fessée.

Le jeune homme, Mike, si l'on en croyait le nom brodé sur la poche de sa blouse, éclata de rire.

— Ben dites donc, on ne doit pas s'ennuyer chez vous. Déjà avec le Frankenstein femelle qui se fait germer du concombre sur la tête...

— Elle est morte, coupa Roxanna.

— Oh, excusez-moi !

— Y a vraiment pas de quoi, Mike.

— Ah bon !

Tout en discutant, il avait fini par retrouver la fiche de livraison, et la tendit à Douglas. Un très joli bouquet, cent vingt-cinq dollars, avait été commandé par téléphone, retenu sur un numéro de Master Card qui figurait sur la fiche, et devait être livré sans carte pour un anniversaire. L'heure de livraison était impérative puisque c'était pour un anniversaire : 18 h 15. Pourquoi ? Tricia était-elle née à cette heure-là ?

Douglas se décida à reprendre l'enquête des mains pourtant compétentes de Roxanna et demanda au garçon :

— Vous avez livré à cette heure-là ?

— Ah oui, absolument ! Le monsieur a été formel sur ce point. Nous avons une excellente clientèle, avec parfois des envies bizarres, mais le succès de *Flower Galore,* c'est précisément de faire ce qu'on nous demande.

— C'est donc un homme qui vous a passé la commande ?

— Oui.

— Il a donné son nom ?

— Ah ça, c'est obligatoire pour savoir si la carte sur laquelle on porte le montant n'est pas volée.

— Et comment s'appelait-il ?

— Patrick Barton-Smithtown.

Et voilà, ça recommençait. On avait commandé des fleurs pour Tricia, surnom de Patricia, sur sa propre carte de crédit. Joli coup, impossible de remonter à la source. Ce n'était pas le petit père Georges, parce qu'à ce moment-là quoi de plus naturel que de faire porter des fleurs à sa femme pour son anniversaire ? Il aurait donné son nom et son numéro de carte. Donc, « on » voulait que quelqu'un témoigne que Tricia était encore en vie après 18 heures, ce qui le renvoyait à la case départ puisqu'à ce moment-là, tous avaient un alibi.

— Qui vous a ouvert ?

— Ben, la dame à qui était destiné le bouquet. Madame, (Il montra Roxanna), était juste derrière.

— Vous êtes sûr qu'il s'agissait bien de Mrs Barton-Smithtown ?

— Autant qu'on peut l'être quand on ne connaît pas personnellement quelqu'un mais qu'il vit à l'adresse indiquée sur la fiche et qu'il porte le bon nom. Vous êtes marrant vous, je ne demande pas la carte d'identité des gens qui réceptionnent mes bouquets. Mais madame doit le savoir, non ?

Roxanna confirma d'un signe de tête.

— Pourquoi parliez-vous de Frankenstein tout à l'heure ?

Mike regarda Roxanna comme pour quêter la permission de rigoler un bon coup. Ce qu'il vit dut l'encourager puisqu'il se lança dans une description assez surréaliste de feu Mrs Barton-Smithtown.

— Ah, là, là, mon vieux, quel choc ! Elle avait du concombre, mais du vrai, partout sur la figure, et de la crème verte ! Et puis on aurait dit un gros œuf de Pâques avec son machin en cuir noir qui lui faisait le tour de la tête et qui passait sous le menton, avec des grosses pastilles noires collées sur le cou. Ça la faisait baver quand elle parlait !

L'évocation de cette vision d'horreur semblait le mettre dans une joie folle.

— On se demande où elles vont chercher ces trucs !

Roxanna expliqua que « l'instrument » était un vibro-masseur facial et qu'il servait à remuscler le cou et les joues grâce à des pastilles qu'on pouvait brancher sur un petit générateur. Tricia trouvait que l'usage quotidien de cette chose lui faisait un bien fou, Roxanna, elle, n'en était pas convaincue. Douglas la regardait parler. Bien sûr, elle était assez satisfaite de lui avoir rivé son clou, mais elle lui semblait assez lointaine depuis quelques minutes... Bof, de toute façon, ses intuitions géniales l'avaient plutôt collé dans le caca jusque-là. Ils quittèrent Mike qui riait encore, et sortirent du magasin. Ils se séparèrent sans un mot à hauteur de la voiture et Douglas retourna au poste.

Roxanna remonta Garden Street si absorbée par ses pensées qu'elle trébucha sur une des vieilles briques rouges disjointes du trottoir.

Douglas pénétra dans son bureau vers 18 h 30. Il s'absorba dans un classement méticuleux de ses dossiers, de ses petites affaires, et poussa le mal-être jusqu'à aller chercher une éponge pour dépoussiérer son bureau. À chaque fois qu'il tentait de résumer la panade dans laquelle il se débattait, son esprit butait sur la même petite phrase qui ne l'aidait à rien : quelque chose n'allait pas. Et si ça ne constituait pas un fait, c'était une absolue conviction qui ne reposait sur rien. Il pataugeait dans le brouillard depuis plus de deux semaines, chaque brèche qu'il prenait pour une issue le ramenait tranquillement à son point de départ. Si quelqu'un avait vraiment monté ce coup, c'était probablement un mec très fort, mais c'était surtout un tordu. Tous les flics savent que les crimes parfaits sont toujours des crimes simples. Plus on essaye de compliquer les choses, de créer de fausses pistes, plus on multiplie les risques d'erreur. C'était la première fois qu'il s'engageait dans ce genre de partie d'échecs, et il commençait à douter sérieusement de ses chances.

Et Bo ? Qu'est-ce qu'il foutait ? Il était déjà 19 heures. Il téléphona en Bas pour savoir si sa pâquerette n'était pas en train de s'arroser avec ses copains, mais nul ne l'avait vu depuis le matin. Excédé, il décida de rentrer chez lui, pour discuter un peu avec Charles, qui elle aussi commençait à en avoir assez des lubies et des écarts d'emploi du temps de son compagnon. Sa mauvaise humeur s'était cristallisée sur le très joli coussin brodé du fauteuil de Douglas. Accusée avec virulence, elle l'avait regardé droit dans les yeux, la queue battant rythmiquement avec une telle arrogance qu'il n'avait pas osé insister.

Il rentra. La vision saugrenue de Samuel déjà chez lui, assis dans un canapé et attirant sa femme contre lui, lui traversa l'esprit. Qu'est-ce qu'il en avait à foutre qu'il baise sa femme ? De toute façon, lui n'avait plus envie de cet échange d'humeurs depuis déjà pas mal de temps. Ça n'était jamais à la hauteur ni de ses fantasmes, ni de sa souffrance, ni même de ses envies, et il était suffisamment honnête pour savoir que cela n'avait rien à voir avec ses partenaires.

## 31

La longue route qu'il emprunte tous les soirs pour rentrer chez lui est déserte, noyée par des trombes d'eau. Il roule trop vite et il le sait. Ses pneus hésitent parfois au creux des virages. Les feuilles qui se désagrègent lentement sur l'asphalte rendent la chaussée glissante... S'en fout, faut bien mourir de quelque chose. Ça l'embêterait pour Charles, peut-être qu'elle s'ennuierait sans lui, et en plus il n'est pas très sociable et ses voisins ne l'aiment pas beaucoup, alors avant qu'ils se préoccupent de sa disparition, Charles aurait le temps de mourir lentement de faim. Ça doit être affreux pour un petit chat, d'attendre sans savoir ce qui se passe et puis d'avoir faim, très faim, jusqu'à en mourir en s'imaginant que l'humain qu'on aimait a déserté.

Il roule, avec parfois l'impression que cette pluie têtue et mauvaise va finir par pénétrer dans l'habitacle comme une pluie acide et qu'elle va le brûler puis le ronger. Seul l'aveuglement momentané provoqué par les phares des rares voitures qu'il croise, lui prouve qu'il n'est pas complètement seul au monde. Brusquement, les feux avant de sa voiture s'éteignent, il faut ralentir et vite, et puis s'arrêter sur le bas côté. Mais non, il accélère dans la nuit noire, en essayant à peine de deviner la courbe du prochain virage, c'est presque drôle ce jeu de devinettes. Les pneus de sa Ford dérapent et gémissent sous le brutal coup de volant… La voiture percute un arbre. Il distingue très clairement l'écrasement progressif du capot, l'arbre ploie le métal, cette avancée titanesque va bientôt atteindre ses pauvres petits os fragiles, et le broyer à son tour… La sonnerie du téléphone le tira de son cauchemar et de ce meurtre de lui-même. Il décrocha, ruisselant de sueur, et mit un temps qui lui sembla infini à identifier la voix de son correspondant :

— Je suis désolé, il est tard. Je vous réveille pas, au moins ?

— Non, pâquerette, il est 4 heures du matin, mais je terminais juste un dessus-de-lit au crochet !

— J'ai un truc génial, je pouvais pas attendre.

— Où es-tu ?

— En bas.

C'était dit d'une voix penaude, parce que cela sous-entendait qu'on espérait une invitation à boire un verre et qu'on s'était rapproché avant d'appeler pour arriver plus rapidement.

— Eh bien, monte.

— Merci, j'arrive.

Il devait être drôlement excité par sa nouvelle.

Charles, qui elle aussi dormait, s'étira et bâilla avec agacement en montrant ses ravissants crocs meurtriers. Douglas enfila une robe de chambre et n'avait pas encore fini de la nouer lorsque retentit la sonnette… Décidément, il était vraiment tout près.

Douglas ouvrit, et avant même de lui laisser dire quoi que ce soit, montra d'un geste où se trouvait le petit bar.

— Sers-nous un whisky, va, je n'ai pas bien les yeux en face des trous.

D'une façon qu'il espérait discrète, Bo détailla l'agencement de l'appartement. Un peu chichipompon mais joli, ça on pouvait pas dire. C'est que Douglas ne l'avait jamais invité. Pourtant, ça se faisait, d'habitude, d'inviter ses coéquipiers. Faut dire que

Douglas, c'était pas vraiment le portrait type du flic, notez que ça a son charme quand même.

Bo revint, et tendit un verre à Douglas, puis il s'assit en face de lui sur le canapé. Charles faisait la gueule, elle ne viendrait pas le saluer.

— Je suis donc allé aux archives. Remarquez, j'avais pas grand espoir, mais quand même. J'ai ressorti les dossiers des deux affaires dont nous avait causé maître Herbert Holloway-Crampton, plus d'autres moins sérieux. Entre parenthèses, c'est bien fait leur classement, pas comme chez nous... Enfin, bref. C'est drôlement long et compliqué à lire, les minutes d'un procès. Pour ce qui est de l'histoire de la meuf qui a buté son mec parce qu'il voulait pas raquer pour le gamin, rien de particulier sauf que c'était un beau salaud et qu'il a eu ce qu'il méritait, notez bien que l'autre aussi. Alors lui aussi, quelle ordure...

Devant l'œil vitreux de Douglas, il crut bon de préciser :

— Le violeur. Bref, à mon avis, quinze ans c'est pas cher payé parce qu'il en a violé une bonne vingtaine, de nanas, et pas dans la dentelle, encore... Remarquez, ce qui m'amuse, c'est que ses petits camarades de cellule vont lui montrer à quel point c'est marrant, on s'emmerde en taule et un cul nouveau, ça occupe. La nana qui a porté plainte, une certaine Caroline Newen, celle qu'a défendue la rouquine, c'était une fille bien, sauf qu'à un moment l'autre sous-homme l'a accusée d'avoir couché avec lui, pour le plaisir quoi. Mais ça, HHC nous l'avait raconté. Par contre, lui ne savait pas que ladite Caroline Newen était la fille d'un certain Simon Newen, un brave type mort peu de temps après sa naissance dans un accident de voiture, et d'une dénommée Mathilda Geer.

— Ça c'est vachement intéressant, Bo, mais je crois que tu aurais pu attendre jusqu'à demain pour me le dire.

— GEER, patron, GEER, ça ne vous rappelle rien ? Un certain Thomas Geer, dont la rouquine a percuté la voiture ce fameux vendredi ! Parce que Thomas Geer, c'est l'oncle de Caroline ! Et quand sa sœur s'est trouvée veuve, c'est lui qui a aidé à élever la gosse. Il est célibataire. C'est quand même une drôle de coïncidence, non ? Le monde est bien petit, surtout quand on cherche un alibi.

Un brusque envie de manger envahit Douglas. La vie revenait avec le lien, ce foutu lien qui lui avait échappé jusque-là et que Bo, son cher petit Bo, venait de lui offrir.

— Viens, je te fais un sublime petit déjeuner.

Ça, c'était une grande marque d'estime, et Daisy ronronna de bonheur. Il poursuivit, pas mécontent de lui :

— Alors, moi je me suis dit un truc. Admettons que la rouquine ait su que le type disait la vérité sur ce point. Mais elle sait aussi que c'est une franche ordure et elle veut qu'il paie. Elle fait citer la petite Newen et elle organise elle-même le parjure. Ça veut dire la radiation à vie du barreau de Boston, et l'oncle Thomas le sait. Ça vaut bien un petit dédommagement un jour, non ?

— Il y a vraiment des moments où tu me troubles, Bo !

— Vouais, je suis pas mécontent moi-même !

Ils mangèrent en silence et sans se presser le petit déjeuner royal concocté par Douglas. Bo se dit que finalement la vie avait de bons côtés, et Douglas pensa que tout n'était pas complètement pourri en ce bas monde. Bref, c'était la pleine exubérance.

Ils papotèrent ensuite, multipliant les ingestions de caféine pour attendre une heure décente avant de se rendre au poste. Douglas trouvait Bo moins con qu'il ne le pensait et Bo finissait par se dire que Douglas était probablement chiant sur des petits trucs seulement.

À 6 heures, alors qu'une lumière timide tentait

d'exister au-dessus de la ville, Douglas alla prendre une douche, et comble de l'amitié, autorisa Bo à prendre sa suite dans la salle de bains.

Il allait enfin leur faire la peau, à ces cons prétentieux. Il ne comprenait pas encore très bien comment les choses avaient été orchestrées, mais il tenait une piste, et plus rien ne lui ferait lâcher prise.

# 32

Ils rongèrent leur frein avant de foncer au poste. Douglas n'était pas vraiment matinal, et il avait peur de donner une mauvaise habitude à ses chefs s'il se mettait subitement à arriver aux aurores. Ils entrèrent dans le bureau à 8 heures et recherchèrent le dossier de Mélanie. Tout y était, la photocopie du constat, les minutes du procès de Caroline Newen, et des différentes affaires où elle avait plaidé. Il repêcha son adresse et ils foncèrent chez elle.

Elle était déjà habillée et maquillée lorsqu'ils arrivèrent. Rien qu'à sa tête, Douglas comprit qu'elle avait peur. Elle les fit entrer dans le salon. Elle était seule, tant mieux.

— J'espère que vous nous pardonnerez cette visite un peu matinale ?

— Qu'est-ce qui se passe ?

— Un élément fâcheux vient de faire surface... Fâcheux pour vous, je veux dire.

— Je ne comprends pas.

— Mais ça va venir. Dites-moi, Boston est un mouchoir de poche ?

— Si vous en veniez au fait, inspecteur, je suis assez pressée.

— C'est quand même une étrange coïncidence que vous ayez percuté précisément la voiture de l'oncle d'une de vos anciennes clientes ? Non ?

Elle ne demanda pas de précisions, ce qui était une

erreur. À la façon dont elle ouvrit la bouche, Douglas sut qu'elle allait craquer.

— Et si vous alliez vous faire foutre ailleurs, ce ne serait pas une étrange coïncidence ?

Edward venait de sortir de la salle de bains, en peignoir et l'œil féroce.

— Vous commencez à me casser sérieusement les pieds, Morrington. Et votre ersatz d'homme aussi. Alors Jr, on ne parvient pas à se sortir d'une enquête et on essaie d'impressionner les dames au lever ? Vous allez virer d'ici, et vite ! Vous n'avez ni mandat ni preuve, alors barrez-vous et tout de suite !

Il s'avança et leur montra le chemin de la sortie. Douglas préféra ne pas insister ; de toute façon, Mélanie serait beaucoup plus accessible seule. Il lui réservait déjà une petite visite dans l'après-midi, à son bureau. Ce cher Edward n'y serait pas !

— Ben dis donc. Il est pas aussi gommeux que je l'aurais cru, le fils à papa !

— Normal, il a peur qu'elle parle. À mon avis, il sait aussi. Mais curieusement, j'ai l'impression qu'il sera plus coriace qu'elle.

— Pourquoi curieusement ?

— Parce que c'est un mou et un influençable, elle pas.

— Qu'est-ce qu'on fait, maintenant ?

— Mais, on va rendre une petite visite d'amitié à Thomas Geer, voyons. Tu as l'adresse ?

— Vouais. C'est à Arlington.

Douglas conduisit sans un mot. Ce n'était pourtant plus le même silence, et celui-là, Bo l'aimait bien. C'était le silence d'avant l'attaque, plus celui d'après défaite, un silence que Douglas mettait à profit pour envisager toutes les fuites et les parades possibles de son ennemi, car c'était un ennemi. Il passa en revue toutes les façons d'aborder Thomas Geer, amicale et complice, supérieure et sévère, ou enfin, et ça avait déjà fait ses preuves, l'attaque en force en prétendant qu'on a tout compris. Il opta pour la dernière, ce qui était une grave erreur.

Ils parvinrent devant une assez jolie maison. La banlieue d'Arlington avait été, des années durant, le refuge de cette toute petite bourgeoisie qui ne pouvait s'offrir les bons quartiers de Boston et refusait de s'installer à la périphérie des ghettos noirs ou asiatiques. Elle se composait d'assez belles maisons, souvenirs de splendeurs passées, que les nouveaux habitants devaient morceler pour parvenir à les entretenir. Le résultat était parfois curieux, la moitié d'une maison jaune canari et l'autre bleu profond, preuve que les goûts et les couleurs... Thomas Geer devait avoir plus de moyens que ses voisins. Il avait pu conserver toute sa grande maison, et avait su lui préserver ce cachet typique de la Nouvelle-Angleterre, jusqu'aux massifs de rhododendrons fuchsia qui mangeaient presque les fenêtres à croisillons du premier étage.

Il leur ouvrit la porte avec un large sourire étonné. C'était un grand homme sanguin dont la vitalité courait à fleur de veines. Avant même de savoir qui étaient ses visiteurs, il tendit à Bo une énorme main.

— Oui...

— Bonjour, monsieur. Je suis l'inspecteur Douglas Morrington Jr, et voici mon adjoint, le détective Bo Brown. Pouvons-nous entrer ?

— Mais oui, je vous en prie.

Ils le suivirent dans un gigantesque salon, qui avait dû servir de pièce de réception un siècle auparavant. Thomas Geer s'affaissa dans un des énormes fauteuils Chesterfield qui avait pourtant presque l'air perdu dans la pièce, et fit signe aux deux hommes de l'imiter... Ce que fit Bo avec un soupir de profond bonheur... Enfin un fauteuil dont on ne mettait pas la résistance en doute avant de pouvoir s'affaler dessus.

— Que puis-je faire pour vous, messieurs ?

— C'est au sujet de l'accident de voiture que vous avez eu vendredi, il y a deux semaines...

— Je vous arrête tout de suite ! Ce n'est pas moi qui ai eu un accident... Une petite dame m'est rentrée dedans, je n'ai aucun tort, et du reste c'est sur le constat... Ne me dites pas qu'elle n'est pas assurée ?

C'était malin, suffisamment vague pour n'être pas imprudent, mais cela ne suffisait pas à Douglas.

— La petite dame ? Ne me dites pas que vous n'aviez pas reconnu l'avocat de votre nièce, Mr Geer ?

Le bon gros sourire de Geer disparut, et ses yeux se plissèrent dangereusement. Il avança le torse vers Douglas et posa bien à plat ses immenses mains sur les accoudoirs de son fauteuil.

— Et alors ? Il est interdit de se faire enfoncer l'aile par un avocat qui a défendu votre nièce ?

— Pas du tout, mais c'est quand même étonnant, non ?

— Pourquoi ?

— Statistiquement, c'est assez peu probable.

— Mon petit monsieur, avez-vous calculé la probabilité qu'il y avait à ce que votre père rencontre votre mère et que, sur tout le lot de spermatozoïdes celui qui devait être vous soit le bon ? Non ? Dommage, parce que vous sauriez sans cela qu'il était beaucoup plus vraisemblable que Mélanie O'Reagan percute mon aile, et pourtant, vous êtes là.

Bon, il avait l'air d'un con violent. Il était peut-être violent mais en tout cas ce n'était pas un con. Il fallait donc immédiatement passer à une autre stratégie.

— Qu'est-ce que vous pensez de maître O'Reagan ?

— Je pense que si tous les mecs avaient autant de couilles qu'elle a de tripes on ne serait pas dans la merde dans laquelle on est.

Ça, c'était un langage clair qui faisait appel à des

métaphores anatomiques précises que Bo aimait beaucoup.

— Je lui dois une fière chandelle. Elle a drôlement bien défendu ma fille, enfin je veux dire ma nièce, mais vous savez c'est moi qui l'ai élevée depuis la mort de mon beau-frère. Ma sœur ne pouvait pas tout faire, la pauvre.

— Et où est-elle maintenant, votre nièce ?

— À Houston. Elle a un très bon poste dans une banque. Boston lui était devenu insupportable après cette histoire... J'espère qu'elle va bientôt revenir, elle me manque drôlement, vous savez, à sa mère aussi, on se retrouve un peu comme deux vieux cons...

— Pourquoi avez-vous choisi Mélanie pour la défendre ?

— Un des flics, pardon, je veux dire un des policiers qui avait enregistré la plainte nous l'a recommandée. En plus, Caroline ne voulait pas entendre parler d'un homme, elle disait qu'il ne pourrait pas vraiment comprendre... Remarquez, ça c'est vrai. Parce que moi, par exemple, j'ai toujours trouvé ça dégueulasse de violer une fille, mais avant que ça n'arrive à la mienne c'était un peu comme si j'étais un mec bien de penser cela. Après, quand je l'ai récupérée au poste, hagarde et comme plus là, elle ne pleurait même pas, c'était trop fort... Je peux pas vous dire... Et ce salopard l'avait amochée de partout comme pour bien lui montrer qu'elle n'était qu'un bout de viande et qu'il pouvait lui faire n'importe quoi. Les flics m'ont retenu, je voulais aller le faire un peu danser avant de lui régler son compte. Ma sœur m'a convaincu qu'il fallait se battre légalement parce que sans cela ce salopard vaincrait, même si je le butais.

» Alors, on a pris maître O'Reagan, remarquez, elle ne nous a pas fait cadeau de ses honoraires, mais ça valait le coup. Sur le moment, je n'ai pas trouvé ça drôle, mais si vous l'aviez vu ce petit bout de femme, j'ai cru qu'elle allait lui arracher les yeux à ce pervers pendant l'audience. Il en a pris pour quinze ans ferme...

Il eut un large sourire.

— Dites-moi, il y a eu un petit moment difficile, non ? On a prétendu que votre fille avait déjà eu des rapports sexuels avec son agresseur ?

Les maxillaires de Thomas Geer se refermèrent avec méchanceté.

— Ce salopard a tout essayé pour s'en tirer, du reste, ma fille a certifié le contraire sous serment, et entre une gentille petite et un pervers récidiviste, le jury n'a pas hésité.

— Parce que si cela avait été quand même vrai, cela revenait un peu à dire que maître O'Reagan avait orchestré un parjure, et ça, c'est la fin d'une carrière d'avocat.

— C'est pas mon problème, ni le sien, puisque tel n'était pas le cas.

— Remarquez, elle se serait fait de vous un ami fidèle, du moins je l'espère, si tel avait été le cas !

Bo comprit tout de suite que ça commençait à sentir mauvais pour eux quand Thomas Geer hissa sa montagne de muscles sur ses deux pieds.

— Qu'est-ce que vous insinuez, petit trou du'c ? Vous allez me foutre le camp d'ici, espèce de fouille-merde ! Vous n'avez pas le droit de porter des accusations de ce genre sans preuve contre un honnête citoyen. Je vais vous traîner en justice, moi !

Ils sortirent assez rapidement, aidés par les grandes mains convaincantes de Mr Geer, dont le sens de l'humour semblait assez limité, et se retrouvèrent propulsés sur le trottoir. Leur hôte claqua la porte avec une fermeté certaine.

— Ben dis donc, ça fait deux fois qu'on se fait jeter en quelques heures, la journée s'annonce musclée.

— Ta gueule, connard !

Bo en resta bouche bée. C'était la première fois qu'il entendait Douglas proférer une insulte, à tel point qu'il s'était longtemps demandé ce qu'il avait bien pu apprendre à l'école. Il décida, avec un grand bon sens, de suivre le conseil, et se tut.

— On fonce au bureau de la rouquine. Ils commencent vraiment à me courir, tous.

— Peut-être qu'on aurait dû commencer par Geer, parce que si on a raison, la rouquine a pu le prévenir après notre départ et il a eu le temps de se préparer à nous recevoir.

À l'œil meurtrier que lui lança Douglas, il comprit un certain nombre de choses : d'une part qu'il avait raison, mais qu'il n'était pas le seul à y avoir pensé trop tard, et d'autre part que toute vérité est rarement bonne à dire.

Ils se faufilèrent au milieu des encombrements et mirent plus de deux heures pour retraverser Boston avant d'arriver à Cambridge. Le bureau de Mélanie se trouvait à Harvard Square, juste en face du vieux magasin coopératif du campus. Douglas s'arrêta un instant au kiosque à journaux près de la bouche de métro pour acheter la sélection internationale du *Monde*. C'était le comble du chic et de la lecture garantie pour la semaine, puisque les quelques rudiments de français qui lui restaient encore, lui permettaient à peine de demander un café au lait dans un des nombreux bistrots ouverts par des québécois tout autour du square.

La rouquine savait quelque chose, et peut-être même était-elle très impliquée dans le meurtre de Mrs Barton-Smithtown. En poussant un peu l'avantage, il parviendrait à lui arracher quelque chose ; déjà ce matin, sans l'intervention de son tocard de fiancé, elle aurait craqué. Même s'ils devaient un peu la secouer... Sa connaissance du droit ne l'aiderait pas, parce que ce n'est jamais l'idée d'avoir transgressé les lois qui fait parler les coupables, c'est cette ridicule idée qu'une faute avouée s'oublie plus facilement.

Ils déboulèrent dans le bureau de la secrétaire, qui passa d'un sourire engageant à un couinement de réprobation en quelques secondes à peine lorsqu'elle les vit pénétrer sans se faire annoncer dans le bureau de Mélanie.

— Eh bien, dites-moi, c'est une véritable entrée en force, messieurs.

À cette seule phrase, énoncée posément et d'un ton à peine méprisant, Douglas comprit qu'il avait raté sa chance. Rien que pour se justifier à ses propres yeux, il posa quand même sa question.

— Nous sortons de chez Mr Geer... J'ai l'impression qu'il vous aime beaucoup... Dites-moi, c'est un coup de chance d'être rentrée dans sa voiture précisément à l'heure où Mrs Barton-Smithtown...

D'un ton franchement amusé, elle lui répondit :

— Oui, il m'aime beaucoup, mais c'est normal. Après tout, j'ai obtenu contre ce type une des plus grosse peines ayant jamais été infligée dans l'État du Massachusetts pour ce genre de crime. Non, ça n'est pas une chance puisque je vais devoir payer une plus forte prime d'assurances l'année prochaine... Et enfin, messieurs, je commence à vous avoir suffisamment vus. De deux choses l'une : ou vous avez quelque chose de sérieux contre moi et en ce cas pourquoi ne pas appeler le D.A. tout de suite, ou vous pataugez et je vous semble une victime acceptable pour vous sortir de votre délire paranoïaque, auquel cas c'est moi qui attaque. Dans un cas comme dans l'autre : au revoir, messieurs !

Douglas allait répondre, mais elle sortit un énorme dossier d'un tiroir, chaussa ses lunettes et s'absorba dans sa lecture.

Ils descendirent sans un mot et Douglas s'arrêta un instant en bas des escaliers, essoufflé. Il n'osait pas ouvrir la bouche pour avaler de l'air de peur de vomir. Il avait mal jusque dans les côtes. Bo commençait à sérieusement se biler, et il le sentait. Ils étaient renvoyés de l'un à l'autre dans une espèce de jeu monstrueux dont ils ne parvenaient pas à déchiffrer les règles, si tant est qu'il fût régi par des règles.

Douglas se débattait contre la même panique impuissante que celle qui l'avait saisi lors du stage de formation informatique organisé par la police. Cette putain de machine n'allait pas céder, il allait se ridiculiser, chaque touche enfoncée le renvoyant à d'incompréhensibles messages d'erreur.

Daisy prouva que même l'homme des cavernes devait avoir un certain code de courtoisie, en annonçant qu'il voulait faire un tour sur le vieux campus de Harvard et que bien sûr, Douglas pouvait l'accompagner, mais...

Douglas fit non de la tête, luttant toujours contre la nausée, et sortit comme s'il s'enfuyait. Le campus centenaire de Harvard et ses allées de brique rouge se faufilant sous les érables ne présentaient en fait aucun intérêt pour Daisy. Il attendit que la haute silhouette de Douglas eût disparu pour prendre le métro.

Douglas marcha rapidement, pressé de s'essouffler pour quelque chose d'évident. Il oublia la voiture de service garée devant un bateau et fonça droit devant lui. S'il n'avait eu peur de se mettre à dégueuler sur le trottoir, il aurait couru, mais pour courir, il faut ouvrir la bouche. Il se concentrait sur un point toujours plus loin et qu'il fallait atteindre dans le minimum de temps. Il ne se rendit pas compte que la pluie recommençait à tomber, et seule l'odeur écœurante de la fabrique de chocolat lui fit comprendre qu'il venait d'arriver à Kendall Square, mais ce fut une sensation vague. Il s'enfonça dans les petites rues assez chaudes du quartier, presque dans l'espoir de tomber sur une bagarre qui puisse lui permettre de s'essouffler davantage. Mais la petite pluie fine et le soir tombant avaient refroidi les humeurs les plus belliqueuses ou les désespoirs les plus violents.

Il marcha durant des heures, durant des siècles. La

pluie collait sa chemise à son torse galbé, et le beau pardessus en cashmere était probablement foutu. Mais il s'en moquait pour la première fois, parce que ce qui était vraiment important en ce moment c'était que ses genoux refusent soudain de se plier, que ses muscles raidis n'obéissent plus, qu'il tombe d'épuisement sur le trottoir et reste là dans un linceul d'eau de pluie sale sans avoir une seule fois pensé.

Un petit garçon noir le regardait arriver, titubant. Lorsque Douglas passa devant le porche de l'immeuble où il se tenait, il lui cria :

— Tu devrais t'abriter, mec !

Douglas le regarda, hagard, essayant de comprendre ce qu'il lui disait.

Le gamin lui fit un grand signe. Douglas s'approcha de lui et se laissa glisser par terre sous le porche.

— T'es défoncé ou quoi ?

— Je suis tellement fatigué...

— Ben faut rentrer chez toi, au lieu d'attraper une pneumonie.

— J'ai plus la force... Et je ne sais même pas où je suis.

— Ben à Kendall, tiens, t'as pas vu les poubelles renversées ?

Douglas ne comprenait pas comment il avait pu marcher autant sans sortir du quartier.

— Il faudrait que j'appelle un taxi.

— Ça m'étonnerait qu'il vienne te chercher ici à 10 heures du soir, mec.

Dix heures du soir... Il y avait près de quatre heures qu'il tournait en rond.

— Où est le métro ?

— Trois blocs plus bas.

Douglas essaya de se relever, mais même ses mains refusaient de l'aider à prendre appui sur le sol. Le gamin le prit par les aisselles, et il parvint à se soulever.

— On dirait que t'as picolé mais tu sens pas. Je vais t'aider... J'espère que la pluie me fera pas friser...

Il éclata de rire tout seul, parce que Douglas ne voyait pas ce qu'il pouvait y avoir de drôle.

Ils marchèrent lentement jusqu'au métro de Kendall Square, et après une brève hésitation, le garçon descendit avec Douglas. Tant qu'à faire dans le sauvetage, autant aller jusqu'au bout. Douglas sortit deux jetons en cuivre de son pantalon trempé, mais le gamin sauta par-dessus le portillon. Cette constatation mit un certain temps avant de prendre une signification dans l'esprit de Douglas, qui introduisit mécaniquement les deux jetons dans la fente.

Ils attendirent côte à côte le train. Le gamin, qui se faisait appeler Eddy après avoir abandonné le prénom de Michael qu'il avait fini par juger un peu niaiseux, parlait sans vraiment attendre de réponse de son compagnon de hasard. L'aventure lui plaisait parce qu'il sauvait un Blanc et que ce type finissait par lui être sympathique à force d'avoir l'air déconnecté.

Ils montèrent et s'assirent face à face sur les bancs de bois du wagon putride que même les hiéroglyphes des taggers ne rendaient pas intéressants...

Enfin parvenu au terme d'une idée importante, Douglas coupa la parole de son sauveteur et dit :

— C'est vraiment sympa de ta part... Je ne sais pas si je serais arrivé tout seul à trouver ce foutu métro...

— Sûrement pas, mec ! T'as pas vu l'état dans lequel t'es !

Eddy ne croyait pas que la charité doive rester anonyme.

— Moi, je crois que de temps en temps, il faut s'entraider.

Il dit cela d'un ton pénétré.

— Sans ça, la vie est vraiment pas facile. Tu sais, moi j'ai pris vachement conscience de trucs quand j'ai vu E.T. Parce que, tu pouvais le voir comme un film pour les gosses mais en fait c'était géant. Paraît que Spielberg voulait une histoire avec un Noir d'abord, remarque c'est encore plus super avec un extraterrestre. Tu vois, d'abord les gosses, ils en ont peur parce qu'il est moche et qu'il ressemble à rien de connu et puis après ils s'y font et en fait ils finissent par drôlement l'aimer. Parce que c'est un chouette mec, en fait.

Quelqu'un lui avait déjà parlé d'E.T. récemment, mais qui et dans quelles circonstances ? Il sourit à Eddy.

Ils arrivèrent à Park Street, et Eddy lui annonça qu'il le quittait parce qu'il trouverait sans problème un taxi et que sa mère allait encore gueuler qu'il traînait.

Douglas sortit un billet de cinq dollars de son veston et le tendit au gosse.

— Ça n'est pas pour te payer, O.K. ? C'est juste pour te dire merci et je ne sais pas comment faire...

Eddy n'avait pas du tout envie que cette étrange histoire d'amitié qui n'aurait duré que le temps de cinq stations de métro fût ternie par un billet vert. Il repoussa le billet et regardant Douglas du haut de ses baskets fluo, lui dit très sérieusement :

— Et si on se serrait plutôt la main ?

C'était une excellente idée, et ils se quittèrent enchantés l'un de l'autre.

Douglas sortit par le grand escalier mécanique, terreur des femmes bostoniennes parce qu'une fois lancé, il n'existe aucune possibilité de redescendre et que pas mal de tarés le savent aussi.

Il trouva sans peine un taxi qui le chargea malgré son allure. Le chauffeur était un Mexicain enjoué qui tenait pour acquis le fait que tous ses clients avaient une passion pour les Mariachis et qui faisait hurler sa radio dans le taxi. Lui-même s'époumonait pour tenter d'engager la conversation.

Douglas n'était pas loquace, mais il était poli, et répondait par des grognements et de vagues onomatopées qui eurent l'air de satisfaire son chauffeur. Du reste, il n'y avait vraiment rien de très impliquant.

Rodolpho, car il s'appelait Rodolpho, se contentait de commenter se qui se passait autour d'eux, l'ouverture tardive de tel magasin, la pluie, le dernier match des Red Socks, les petits groupes de badauds qui s'abritaient tant bien que mal de l'orage sous les portes cochères et les quatre types devant qui poussaient une voiture en panne.

— Z'ont raison, l'union fait la force, tout seul on arrive à rien ; c'est lourd, ces putains de voitures américaines, et ça consomme !

Ils arrivèrent enfin en bas de chez Douglas, qui n'attendit pas sa monnaie.

Il se traîna jusqu'à son appartement et se força à parler un peu avec Charles pour ne pas l'inquiéter. Dormir, oublier. Il ne dormit pas, et tout revint à sa mémoire. Il caressait machinalement le petit dos musclé de sa compagne grise et blanche qui ne ronronnait pas parce qu'elle le savait très loin d'elle et qu'elle veillait sur lui en son absence. Il laissa les idées, les faits, les bribes de conscience se dérouler dans sa tête sans suite et sans logique apparente, parce qu'il était trop fatigué pour essayer de suivre son propre esprit. Et soudain, la sinusoïde savante et parfaitement calculée de l'autre révéla ses équations. Il avait été mené depuis le début avec brio, puisqu'il avait tout fait, s'était épuisé à se débattre alors que l'autre se contentait d'attendre... Eddy et Rodolpho avaient raison : l'union fait la force, et E.T. était méconnaissable !

Il était 3 heures du matin, et avec une joie mauvaise, il composa le numéro.

Après une bonne dizaine de sonneries, une voix ensommeillée lui répondit.

— Douglas Morrington Jr. Je veux vous voir, le plus rapidement possible. Il y a pas mal de choses dont nous devrions discuter.

La voix reprit immédiatement ses caractéristiques.

— Bien, je passerai vous prendre au poste vers

midi. J'aimerais vous inviter dans un restaurant qui me plaît beaucoup.

Douglas raccrocha, satisfait, et s'endormit enfin, bercé par le ronronnement profond de Charles.

# 33

Douglas arriva assez tard au poste, et évita soigneusement Daisy. C'était *son* règlement de comptes, peu importait l'enquête. Il voulait être seul.

Il meubla comme il put le petit enfer qui le séparait de midi, parce qu'« Il » ne serait pas en retard, il le savait. Il reclassa ses impeccables dossiers, rangea son bureau et s'assit.

À midi tapantes, « Il » entra.

— Bonjour Dr Bernstein, asseyez-vous.

— C'est inutile, j'ai réservé une table pour midi et demi, nous n'avons que le temps de nous y rendre.

— Où ?

— C'est une surprise.

Il l'emmenait sur son territoire. Douglas savait déjà qu'on y mangerait bien et que la table serait suffisamment isolée pour qu'il n'y ait pas de témoins, mais c'était sans importance.

Ils parlèrent peu dans la voiture, et Douglas se laissa aller, apaisé, contre les fauteuils de cuir fauve. Samuel n'avait pas l'air tendu, juste intrigué. Ils longèrent la Charles River et s'arrêtèrent enfin devant une grille. Samuel coupa le contact :

— Nous y sommes.

Douglas avait déjà entendu parler de *Marnie's,* un des restaurants les plus sélects de la ville. On y rencontrait le soir les plus gros financiers et banquiers qui promenaient leur ravissante nouvelle maîtresse, et le midi les mêmes gros comptes en banque mais qui déjeunaient entre eux, ce qui semblait du reste les distraire infiniment plus que la corvée sociale du soir.

Les tables étaient suffisamment espacées pour qu'aucune parole diffamatoire et nul tuyau n'atterrissent dans des oreilles auxquelles ils n'étaient pas destinés.

Après les avoir débarrassés de leurs vêtements, le chef de rang les conduisit. Ils s'installèrent et commandèrent leurs apéritifs. Samuel lui sourit, presque enfantin, et dit :

— Vous savez, il y a à peine un siècle cet endroit était interdit, dans l'ordre, aux chiens, aux juifs et aux Noirs. Ils ont été forcés de céder... Les ligues de protection animale sont très puissantes dans ce pays.

Ils rirent tous les deux, doucement parce que l'endroit était feutré comme un boudoir et qu'il n'invitait pas aux éclats.

— On y mange très bien, enfin du moins j'espère que vous aimerez.

Il était amical et paisible, et puisqu'il savait que tout allait rapidement trouver son terme, Douglas l'aima bien.

Pourtant, il ne parvenait toujours pas à décortiquer la mécanique exacte de ce parfait ballet. Samuel avait mené le bal, c'était évident. Tout venait de lui, depuis la subtile chorégraphie des faux-semblants, jusqu'à l'organisation des moindres mouvements de son adversaire. Mais il lui en voulait. Non pas d'avoir tué cette femme, ni même de l'avoir pris pour un imbécile, puisqu'il s'était conduit comme tel, non. Il en voulait à ce presque chauve bedonnant d'avoir réussi à faire naître cette formidable et incompréhensible cohésion entre des gens aussi dissemblables. Car ce n'était même pas l'instinct de survie qui les soudait, non c'était une espèce de joie, de bien-être animal de se retrouver. Il était parvenu à les rendre courageux et fiables alors que tout les prédisposait à la mollesse et à la lâcheté. Même s'il parvenait à arrêter Samuel, il avait perdu et il le savait.

Mais qu'est-ce qui rendait si importantes la reconnaissance et l'approbation de Samuel à ses propres yeux ?

Le fait peut-être qu'ils se ressemblaient étrangement en se croyant uniques. Ils étaient probablement arrivés aux mêmes conclusions sur la futilité des choses, et les limites si étriquées d'une vie... De la philosophie de bazar sûrement, mais la seule qui comptât parce qu'on y revenait toujours et qu'elle se passait de théorisation.

La seule différence entre eux, c'était que Samuel avait choisi de meubler cette légèreté en aimant Gayle-Ann et en dégueulant parfois dans les chiottes du Charity Hospital. Douglas s'était essayé au cynisme parce que c'était moins fatigant, du moins le croyait-il. Il était donc resté là à contempler le vide en se disant que ça finirait bien par devenir drôle... Il s'était trompé.

Ils entamèrent le foie gras d'oie. Douglas n'en avait jamais mangé et Samuel était de moins en moins convaincu d'aimer cela.

— Je sais que c'est vous. Avec l'aide active de Mélanie et d'Edward, et peut-être celle de Roxanna.

— Si deux personnes doivent être laissées en dehors de cette conversation, ce sont ma femme et Roxanna. Mais qu'est-ce que vous savez, au juste ?

— Vous êtes sorti du cinéma par la porte de secours, et vous êtes allé chez les Barton-Smithtown. Vous avez saigné à blanc Tricia et vous êtes retourné au cinéma. Edward vous attendait dans les toilettes. Vous vous êtes montrés ensuite aux ouvreuses et aux vendeuses de chez « Jordan March ». Mélanie est arrivée à Garden Street avant Roxanna. Elle s'est enduit le visage de masque au concombre et a passé l'espèce de mentonnière de Tricia pour déformer sa voix, du reste elle a peu parlé. Vous aviez commandé des fleurs pour que Roxanna voie descendre une Tricia de pacotille alors que la vraie était déjà morte depuis longtemps. Bien sûr, vous vous êtes débrouillé pour rendre l'évaluation du moment de la mort difficile.

» Comme vous êtes plutôt des gens bien, vous vous êtes arrangés pour fournir à Georges un alibi en acier, car c'était bien Edward, n'est-ce pas, qui l'a appelé à son secours sous le pont de Waterford ? Et c'est Mélanie qui a téléphoné au magasin pour être sûre que quelqu'un le verrait.

» Vous avez essayé de faire passer ce meurtre pour un suicide, mais après tout, cela vous était égal, n'est-ce pas ? Vous aviez prévu toutes les éventualités. Je me trompe ?

— Ce n'est vraiment pas le problème. Le problème, c'est ce qui va suivre.

— Je sais qu'elle faisait, ou du moins essayait de faire chanter Mélanie. Elle avait dû mettre son sale nez dans cette histoire de viol, non ? Elle a dû trouver quelque chose contre maître O'Reagan ? Mais vous ?

Le sourire presque tendre de Samuel disparut. Douglas se retrouvait enfin face à face avec cet esprit mouvant et presque tordu qui avait pensé pour lui durant tous ces jours.

— Écoutez-moi, Morrington, le problème est simple. Ce sera la parole d'un chirurgien renommé appartenant à l'une des plus vieilles familles bostoniennes, et dont on connaît la grandeur d'âme puisqu'il s'occupe même des pauvres, contre celle d'un flicaillon en mal de promotion. C'est du moins là-dessus que nous insisterons.

— Et vous le pensez... Le flicaillon ?

— Qu'est-ce que ça peut vous faire ?... Non, je ne le pense pas, mais j'ai une énorme force de persuasion, surtout lorsque je ne suis pas sincère, ce sont nos métiers qui veulent cela, sans doute. Vous n'avez aucune chance, Douglas, aucune preuve, et vous le savez. Non seulement vous allez vous ridiculiser, mais en plus vous y perdrez des plumes, tout cela pour une méchante petite ordure qui si elle avait eu un peu de sens commun se serait suicidée.

Le regard bleu de Samuel envahissait celui de Douglas. Il était peut-être tordu mais il avait raison. Après tout, ce qui était important, c'était ce moment précis qu'ils vivaient ensemble. Douglas glissait sous l'argumentation de Samuel.

— Après tout, quoi de plus banal qu'une femme déprimée à cause de la ménaupose et des infidélités de son mari — car ce cher Georges à des maîtresses — qui se suicide dans un coup de cafard ? Elle a même étalé un drap sur son lit pour ne pas le tacher. Croyez-vous vraiment qu'un assassin se serait donné ce mal ?

— Jusqu'au drap... J'ai été lamentable.

Il rit en torturant son bavarois avec sa petite cuillère.

— Non, pourquoi lamentable ? Réfléchissez bien, Douglas, vous n'avez aucune preuve et vous n'en trouverez jamais, parce qu'il n'en existe pas.

— Pourquoi avez-vous fait cela ?

— Si je l'ai fait, la réponse n'aurait de toute façon aucun intérêt pour vous.

Il demanda l'addition. Morrington aurait voulu rester encore assis, continuer de parler avec Bernstein, lui raconter la mort de sa mère. Peut-être sa mère était-elle morte, elle aussi ?

Ils se levèrent et sortirent.

— Voulez-vous que je vous raccompagne au poste ?

— Non, je vais marcher. Adieu,

Il regarda la Jaguar bronze s'éloigner tranquillement. Avait-il seulement peur ? Peur de quoi ? Il avait raison, Douglas n'avait aucun moyen de lutter contre lui.

## 34

Samuel roula lentement... La dernière tentative de Douglas, bien malhabile et pas même convaincu, venait de tomber à l'eau. Le piège de la connivence et de la ressemblance. Il ne pouvait pas y avoir de connivence entre eux, justement parce qu'ils se ressemblaient, comme une décalcomanie symétrique renvoyée par un miroir : c'est la même chose mais c'est aussi exactement le contraire. Douglas avait raison, bien sûr, mais il n'avait rien compris. Parce qu'il avait eu peur, sans doute, peur de le rejoindre, peur d'en arriver à la même conclusion que lui, et on ne se bat pas contre soi-même.

Finalement, le meurtre de Tricia n'avait aucune importance. C'était un événement comme un autre, et même Tricia n'avait presque plus de réalité, cesserait complètement d'exister et même d'avoir existé lorsqu'on l'aurait oubliée. Ce meurtre, comme tant d'autres, n'avait été que la cristallisation, la jointure finale de cheminements. Le point de focalisation brutale de trois vies et d'une mort... Une réaction chimique qui s'était catalysée lorsque toutes les conditions d'incubation avaient été réunies.

La mort est une notion ponctuelle et si fuyante. Restaient leurs vies.

L'idée d'avoir tué physiquement Tricia ne le troublait pas, seule la décision avait été pénible à prendre parce qu'il lui fallait se convaincre qu'il n'existait pas d'autre solution.

Les images se confondaient. Il était arrivé un peu plus tôt que d'habitude, trempé, parce qu'il avait laissé son imperméable sur le dossier de son fauteuil de cinéma... Il n'était pas question que les ouvreuses puissent constater qu'après trois heures de salle obscure il ressortait avec un vêtement trempé... Et c'était une de ces choses que les femmes voient toujours. Tricia lui avait fait à ce sujet une remarque déplaisante qu'il avait oubliée aussitôt, parce qu'il avait hâte de savoir si la pratique du meurtre ressemblerait à sa théorisation. Il se sentait fort et calme parce qu'il n'était en fait que le délégué de trois volontés. Une façon comme une autre de diluer le risque d'erreur, puisqu'il acceptait pleinement la responsabilité de l'acte. Elle avait commenté avec aigreur, comme à chacune de ses visites, les effets des micro-injections qu'il lui administrait plusieurs fois par semaine dans le cuir chevelu. C'était, disait-elle, pratiquement inefficace et de surcroît très douloureux.

Pour une fois, Samuel avait espéré cette mise en doute de ses capacités ; elle justifiait le changement qu'il avait prévu. Il lui avait injecté avec un calme qui l'avait quand même un peu surpris un cocktail presque mortel d'anticoagulant et d'anesthésique par voie intra-veineuse... Il aurait pu, bien sûr, choisir des molécules plus actives, mais un profane se suicide rarement avec de l'héparine et du phénobarbital, et ce ne sont pas des produits qu'un apprenti assassin trouve aisément, sauf s'il est médecin ou travaille dans un hôpital. Dès le début, il fallait accepter la possibilité que la police ne croie pas à une mort volontaire, et si c'était un meurtre, mieux valait qu'il fût assez banal pour offrir à celui qui mènerait l'enquête une voie d'issue acceptable... Il avait eu raison, et Douglas pourrait clore le dossier sans trop de problèmes.

Elle était assise sur le bord du lit recouvert

d'un drap ; sa maniaquerie mesquine était devenue presque obsessionnelle au cours des années, même sa propreté lui devenait suspecte. Avant qu'il n'ait rangé sa seringue, la tête de Tricia avait commencé d'osciller et ses paupières avaient battu lentement. Il avait fait mine de regarder dehors, et l'avait entendue s'abattre sur le lit. Elle était endormie, son pouls était déjà asynchrone et sa respiration devenait pesante. Il fallait agir vite avant que le cœur ne lâche et que son sang ne coagule dans ses veines.

Il l'avait étendue bien symétriquement sur le lit, les bras légèrement écartés pour faciliter sa tâche. Il avait pris une lame de rasoir et entaillé d'abord le poignet droit. Une jolie petite ligne décolorée avait tout d'abord masqué la trace de la morsure de l'acier bleu de la lame. La ligne avait rosi, puis rougi comme un chapelet de gouttes grenat... comme une petite vague tiède. Les gouttes s'étaient rejointes et avaient coulé mollement en filet jusqu'aux doigts. Il avait tranché l'autre poignet... C'est là qu'il avait commis sa première erreur, l'erreur qui avait mis le légiste sur la piste du meurtre. Samuel s'était relevé et avait ouvert en grand le radiateur, puis fermé la fenêtre. Il fallait surchauffer la pièce pour rendre difficile toute évaluation de la température anale du cadavre, donc de l'heure du crime. Il avait refermé la porte de la chambre sur Tricia et sa mort. Il fallait que cette scène demeurât purement théorique pour Mélanie, qui devait arriver plus tard. Il était passé dans la salle de bains et avait jeté un regard circulaire. Là avait été sa dernière erreur. L'ordre avait toujours été pour Samuel une preuve d'étroitesse d'esprit, surtout depuis qu'il connaissait Tricia, pourtant, il aurait dû ranger parce qu'elle l'aurait fait avant de se donner la mort. De toute façon, c'était sans importance. Ils avaient eu le temps de discuter de toutes les éventualités. Si la police avalait la thèse du suicide, tant mieux. Si un élément quelconque leur mettait la puce à l'oreille, tant pis. Il ne faudrait surtout pas les contrer, mais plutôt prétendre que le Médecin de l'histoire avait lui-même soupçonné quelque chose. Edward s'en était parfaitement acquitté. La mécanique était parfaite parce qu'elle reposait sur trois personnes, qui se soutenaient et se protégeaient mutuellement. Il n'existait aucune faille, si, une peut-être : le remords. Ce sentiment artificiel qui n'est qu'un déguisement de la lâcheté. Car la peur est un beau sentiment, un sentiment primaire que nous portons dans nos gènes, que notre physiologie sait traduire en termes clairs, en bourrasques d'hormones, en fuite de sueur... Pas le remords, c'est la peur des peureux et des lâches. La tâche la plus importante de Samuel, celle qui devait rester anonyme, surtout pour ses partenaires dans le crime, consistait à les détourner tous de cette notion dangereuse, en justifiant méthodiquement leur acte. Et cela était aisé. Lui avait décidé de cette mise à mort parce qu'elle était la seule possibilité. Il avait tenté à demi-mot de le faire comprendre à Douglas : Tricia devait mourir parce qu'elle ne devait plus vivre, et il ne s'agissait pas d'un aphorisme. Sa vie rendait celle des autres impossible, ce qui d'un simple point de vue d'économiste était insupportable. Elle menaçait ce qui faisait vivre Samuel, l'idée que le Juste se gagne, qu'il se soigne comme une fleur rare. Samuel était persuadé que Dieu leur avait donné le raisonnement pour les prendre au piège, parce qu'il fallait trouver au travers des méandres complexes de désirs d'homme ce qui Lui plairait, Le retrouver malgré l'attirance pour une facilité trompeuse, parce que le mal et son éternel accompagnateur, le malheur, sont somme toute tellement plus faciles que le droit et le juste. Et Dieu dans tout cela ? Comment avait-il pu, lui, Samuel, qui le craignait et l'aimait parfois si désespérément, le singer, lui voler cette suprême connaissance de celui-qui-doit-mourir ? S'il ne devait jamais se remettre de quelque chose, ce serait de cette usurpation dont il se savait indigne. Il était un petit homme, si imparfait, si aveugle, se débattant pour retrouver la lumière, parce qu'il n'était qu'une parcelle tronquée de Dieu. Et il avait bafoué Sa Loi, fait fi de Ses Commandements. Il avait tué, même si la victime n'avait aucune importance, lui qui avait juré de sauver pour se rapprocher de Dieu. Non seulement il s'était attribué le Nom de Dieu, mais il en avait également usurpé le choix. C'était finalement cela qu'il ne pourrait jamais admettre ou se pardonner et il ne pourrait pas non plus le partager, ni avec les deux autres, ni même avec Douglas... Seule Gayle-Ann aurait pu résister avec lui à cette sorte de confrontation, Gayle-Ann et son athéisme qui ressemblait à s'y méprendre à la foi, peut-être parce qu'elle portait en elle l'héritage d'une sobriété presque rigide que lui avait légué une longue lignée de calvinistes. Mais Gayle-Ann ne saurait jamais. Non pas tellement parce qu'elle ne comprendrait pas, mais surtout parce qu'il fallait à tout prix qu'elle continuât d'ignorer qu'on est parfois sans pouvoir sur un monstre, que même la lumière peut être phagocytée par les ténèbres. Et la clef de ce meurtre se trouvait certainement là. Bien sûr, Tricia l'avait exaspéré et avait menacé ce à quoi il croyait, bien sûr il aimait Mélanie comme cette petite sœur qu'il avait rêvé d'avoir pour la tyranniser, la cajoler et la protéger, mais tout cela n'était rien. Non, ce qui était fondamental, c'était que Gayle-Ann ne comprenne jamais à quel point elle avait tort, à quel point il faut lutter dans le noir et se battre avec le sang pour que triomphe la lumière, à quel point ses idoles, du Christ à Gandhi, ne pouvaient servir de descriptif à une humanité qui n'apprend jamais rien, mais resteraient les merveilleuses exceptions d'une éternité de meurtres. Il ne fallait pas qu'elle l'apprenne parce qu'elle n'y résisterait pas, parce que cette magnifique austérité ne survivait que grâce à son absence de lucidité et parce qu'elle lui était essentielle ainsi. Tricia devait donc mourir, c'était d'une imparable logique. Il resterait seul, avec son choix, face à Lui.

Il était en retard, comme d'habitude, et Mélanie devait déjà l'attendre au palais de justice. Ce manque de ponctualité devenait étrange... Un peu comme s'il ne parvenait pas à dominer les événements les plus simples. Les photocopieuses tombaient toujours en panne lorsqu'il s'en approchait et les machines à café prenaient son argent sans jamais lui donner le café programmé. Il ne trouvait en fait sa réelle mesure que dans les constructions de l'esprit. Gayle-Ann disait en riant qu'il était un inadapté obstiné.

Mélanie prenait effectivement son mal en patience devant le palais de justice, sans énervement : elle savait qu'il serait en retard mais l'avait attendu à l'heure dite. Elle monta dans la voiture avec nervosité. Avant même qu'elle ne parle, Samuel la rassura :

— Tout va bien, ma chérie, c'est fini. Tu sais que nous avons fait la seule chose possible. C'est elle qui ne nous a pas laissé le choix. Nous n'avons pas agi précipitamment, nous avons beaucoup réfléchi. Même si tu t'étais sacrifiée, ça n'aurait rien changé, elle aurait recommencé avec quelqu'un d'autre après t'avoir réduite à néant.

Mélanie soupira, elle allait déjà mieux. Pourquoi Edward ne savait-il pas la calmer comme cela ?

À la façon dont elle allongeait les jambes, Samuel comprit que la crise passait... Il faut toujours donner un alibi altruiste aux gens qui agissent pour eux. Toute cette histoire s'était en fait cristallisée autour de Mélanie, mais il était inutile de la forcer à l'admettre. Tricia l'avait instantanément détestée parce qu'elle était jeune, jolie et qu'elle lui volait son fils chéri. Grâce à ses relations, elle avait rapidement trouvé la faille : Mélanie avait dissimulé une preuve accablante pour sa cliente dans le procès pour viol qu'elle intentait à un franc salopard. Il y avait bien eu viol, et le type n'en était pas à sa première tentative, mais Mélanie savait que la fille avait déjà couché avec lui de plein gré quelque temps auparavant, et pour un jury normalement constitué le viol d'une vierge est nettement plus grave que celui d'une dépucelée. Il avait fallu racheter une lettre — une lettre un peu mièvre et follement sentimentale — de la fille tombée entre les pattes du demi-frère du susdit salopard, qui n'appartenait pas non plus à l'élite de l'humanité. Une chance, ça coûte moins cher. Comment Tricia était-elle parvenue à mettre bout à bout les pièces du puzzle ? Mélanie l'ignorait. Son amitié avec le D. A. lui avait sûrement permis de déterrer quelques indices, et sa ruse avait dû faire le reste.

Mélanie, parce qu'elle ne savait réfléchir qu'avec sa propre logique, avait longtemps cru que Tricia n'irait jamais au-delà de simples menaces ou d'allusions, jusqu'au jour où le cher ange l'avait convoquée dans sa salle de bains. Après une de ses bises sèches donnée du coin du maxillaire pour éviter de faire baver son rouge à lèvres fuchsia, elle lui avait sauté à la gorge.

— Dites-moi, ma chère, qu'est-ce qui est le plus important pour vous ? Mon fils ou votre carrière ?

Inutile de faire un dessin, Mélanie avait immédiatement compris, et Tricia le savait. Elle était ravie, la salope. Mais Mélanie venait aussi de comprendre brutalement la logique des monstres : détruire. Même si elle abandonnait Edward, ce serait sans importance. Au contraire, elle serait seule et elle ne faisait pas le poids devant cette méchanceté brute... Car Tricia parlerait, tôt ou tard, elle en était maintenant convaincue, et il n'y aurait aucune monnaie d'échange.

C'était la radiation du barreau, de ce barreau si convoité et qu'elle avait tant lutté pour rejoindre. Mélanie le savait et Tricia aussi. Elle était trop futée pour risquer de fâcher son fils, il fallait donc d'abord semer la zizanie dans leur couple avant d'attaquer. Mais Edward, en dépit de son insoutenable légèreté, était intelligent, et lorsque les attaques s'étaient systématisées, il avait compris.

Tricia, parce qu'elle était sotte, avait juste sauté le maillon essentiel : Edward venait de trouver celle qui le rendait à sa vie d'homme. Mélanie avait désespérément besoin de sa force, et il était devenu fort. Il avait retrouvé enfouies très loin des notions dont il ne savait pas très bien si elles procédaient du machisme ou de l'animalité mais qui de toute façon convenaient à leur histoire : il allait la défendre jusqu'au bout parce qu'il l'aimait, parce qu'elle était devenue essentielle à sa vie, et c'était la seule chose réellement importante.

Curieusement, Mélanie allait pouvoir survivre et vaincre grâce à Tricia... Parce que Samuel la détestait, et avec la complicité de ce même Thomas dont elle avait vengé la nièce. Elle lui avait téléphoné en pleine crise de nerfs. Lorsque enfin elle était parvenue à lui expliquer ce qui se passait, il avait répondu dans un gros rire :

— Tout ce que vous voudrez, mon petit, et jusqu'au bout, ça vaut bien ça !

— Si vous savez résister aux flics, il n'y aura pas de bout, Thomas.

Edward avait ensuite réglé tous les détails. Le jeudi soir, il avait percuté violemment la voiture de Thomas dans une rue déserte... Il suffisait de postdater le constat.

Du reste, il était assez gratifiant de démolir une voiture exprès. Edward, en dépit de cette minutieuse marqueterie de notions bourgeoises qui faisait de lui un si charmant jeune homme, était un loubard, ou un barbare dans l'âme. En fait, peu lui importait que les choses procédassent d'une logique cohérente, qu'elles adhérassent convenablement à un modèle de vie ou qu'elle engageassent des prolongements. Non, elles existaient, elles commençaient et se terminaient à lui ou à ce qui constituait ses urgences.

— Je n'arrive pas à me débarrasser de cette migraine, depuis...

Samuel sortit la boîte d'ergotamine qu'il avait prise à la pharmacie de l'hôpital.

— Ce n'est rien, ma chérie... Ça va passer. Tu veux payer d'une façon ou d'une autre, et c'est normal. Il faut juste attendre que ça passe.

— Comment va Gayle-Ann ?

Comprenant ce qu'elle ne dirait pas, il répondit :

— Gayle-Ann ne doit jamais savoir ce qui s'est passé, pas plus que Georges, d'ailleurs. Ils ne comprendraient pas, mais pour des raisons complètement différentes, Georges aurait peur et il ferait fatalement une connerie, quant à Gayle-Ann, elle nous trouverait d'une insupportable lâcheté. Elle n'a simplement aucune idée de ce dans quoi nous nous sommes débattus.

Peut-être, après tout, cette connivence féminine l'aurait-elle rassurée. Il poursuivit.

— Écoute-moi, mon ange. Nous avons accompli la seule chose raisonnable et faisable. C'est à Tricia qu'il faut en vouloir. Tu n'as fait que sauver les meubles.

Elle lui sourit enfin... Il avait gagné.

— Tu crois qu'elle était heureuse d'être aussi salope ?

— Non, je ne crois pas. C'est le malheur qui rend méchant, parce qu'on a toujours l'impression que si on n'est pas seul les choses seront plus faciles à supporter... Et c'est erroné, bien sûr.

— Personne ne l'aimait... Même pas Georges. Edward dit qu'il a toujours eu des maîtresses...

— Je le lui souhaite.

— En fait, moi je ne pourrais pas supporter de vivre comme elle a vécu, détestée de tout le monde, crainte pour sa perversité... Je crois que je me suiciderais...

Elle avait tellement envie qu'ils n'aient été que l'instrument du destin.

— Mais c'est ce qui s'est passé, non ?

— Tu crois vraiment ?

— Oui, je crois que nous n'avons fait que devancer l'inéluctable.

Il mentait. Tricia ne se serait jamais suicidée, elle s'amusait trop aux dépens de ses victimes. Mais il fut récompensé par un gloussement.

— J'aurais vraiment voulu que vous me voyiez tous les deux... Non, mais la tronche ! Je pense que j'ai terrorisé ce pauvre livreur... Enduite d'une épaisse couche de masque au concombre, avec son espèce de mentonnière !

Il ne lui dit pas que Roxanna avait compris. D'abord parce qu'elle ne parlerait jamais, ensuite parce que ce n'était pas la peine de démêler le savant écheveau qui lui permettait de rassurer Mélanie. Il serait le seul à payer le prix du souvenir. Elle, comme Edward, devait oublier, parce qu'ils n'avaient aucune raison supérieure de conserver la mémoire.

— Tu sais qu'à cinq minutes près c'était foutu... Je ne savais pas que Roxanna rabiotait sur le temps... Edward avait demandé qu'on livre les fleurs à 18 h 15... Heureusement, sinon, il n'y aurait eu personne pour vous fournir un alibi.

— Mais il y avait quelqu'un...

— Oui.

Ils s'arrêtèrent dans Park Street pour charger un Edward trempé de la tête aux pieds qui poireautait depuis vingt minutes.

— Ce que vous pouvez être chiants, tous les deux... Vous ne savez pas lire l'heure, ou quoi ? Gayle-Ann va encore nous insulter. Pour une fois qu'elle se décide à faire dans la cuisine française... Déjà que ça risque d'être toxique, si en plus elle fait la gueule parce qu'on lui a fait carboniser son soufflé...

Avant même l'enterrement de sa mère, la vie était revenue à Edward. La seule douleur qu'il avait dû accepter dans ce meurtre, c'était sa décision, parce qu'il ne pourrait jamais revenir en arrière. Le reste n'était qu'affaire d'intendance... Il y avait de nombreux détails à régler, c'est tout. Même l'enterrement l'avait diverti, il y avait trouvé matière à faire de l'humour, sur la bonne société bostonienne, sur la qualité du cercueil, oubliant qu'il contenait le corps de sa mère, sur l'éternel crachin. Seule la conduite de Mélanie lui avait semblé grave : quelle idée de sangloter comme cela ! La seule chose vraiment triste dans l'histoire, c'était cet interminable sermon.

Mélanie l'attrapa par la mèche et lui tira la langue. Il l'avala. Samuel suivit la bulle de salive qui se formait et mourait à la commissure de leurs bouches jointes. Il avait soudain une folle envie de la salive de Gayle-Ann...

En fin de compte, Samuel aimait bien cette bonne vieille ville de Boston, et probablement n'aurait-il pas pu vivre ailleurs. Une ville où l'on peut encore marcher, aller chercher son pain chez un vrai boulanger, et où les écureuils viennent vous rendre visite. La pluie faisait de jolies petites rigoles d'étoiles sur le pare-brise, qui éclataient sous les essuie-glaces comme des petits soleils miniatures. Il se sentait magnifiquement en vie, et la vie vit.

Composition réalisée par JOUVE

IMPRIMÉ EN FRANCE PAR BRODARD ET TAUPIN
La Flèche (Sarthe)
Imp : 3960D - Edit. : 6498 - 07/1999
ISBN : 2 - 7024 - 2134 - 2

ISSN : 0768 - 1070

52/0330/2